승유 퓨전 판타지 소설

FUSION FANTASTIC STORY

환생 마법사
Magician return

환생 마법사 6

승유 퓨전 판타지 소설

초판 1쇄 찍은 날 § 2015년 12월 30일
초판 1쇄 펴낸 날 § 2016년 1월 6일

지은이 § 승유
펴낸이 § 서경석

편집책임 § 고승진

펴낸곳 § 도서출판 청어람
등록번호 § 제387-1999-000006호
등록일자 § 1999. 5. 31
어람번호 § 제1-2323호

주소 § 경기도 부천시 원미구 부일로 483번길 40 서경B/D 3F (우) 14640
전화 § 032-656-4452   팩스 § 032-656-4453
http://www.chungeoram.com
E-mail § chungeorambook@daum.net

© 승유, 2015

ISBN 979-11-04-90580-3 04810
ISBN 979-11-04-90104-1 (세트)

승유 퓨전 판타지 소설

FUSION FANTASTIC STORY

환생마법사

Magician return

6

[완결]

청어람

환생마법사

Magician return

CONTENTS

제1장 최종 점검   7

제2장 마지막 휴식   31

제3장 폭풍전야   45

제4장 탐색전   71

제5장 격렬한 조우   97

제6장 블랙 드래곤과의 대화   125

제7장 난타전   151

제8장 제로섬 게임   179

제9장 선택과 집중   193

제10장 마지막 사냥   221

제11장 대마법사 레논   247

제12장 늘 그랬던 것처럼   263

에필로그   279

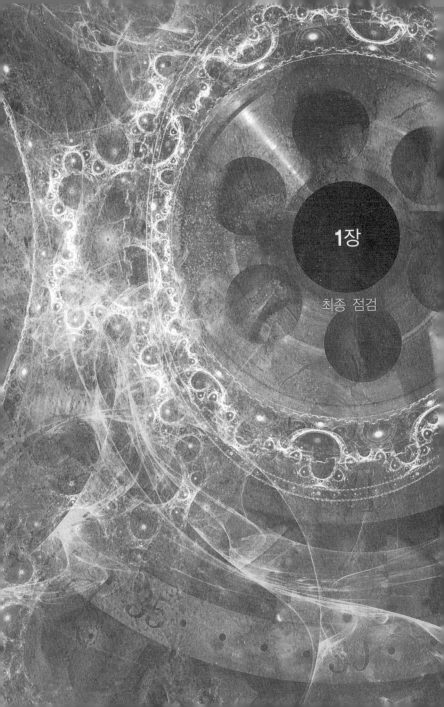

1장

최종 점검

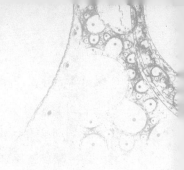

모든 것이 생각대로 흘러가지는 않지만, 한편으로는 생각 그 이상으로 흘러갈 때도 있다.

마치 이 모든 상황이 가식이 아닐까 싶을 정도로 자르가드에 파견된 스페디스 제국의 사절단과 이들을 맞이하는 자르가드 황실, 관료들은 그야말로 축제 분위기였다.

사실 자르가드 입장에서는 환영할 일이다.

이미 서로 카운터펀치를 주고받아 보았다.

앞서 블랙 오크의 진공 당시 자르가드는 스페디스 제국의 동부를 노렸고, 그 기습은 성공적으로 보였다.

하지만 발빠른 스페디스 제국의 대응, 정확하게 말하자면 우리의 대응에 공격이 막혔다.

그 과정에서 유능한 마법사와 기사를 동시에 잃었고, 자르가드는 후퇴할 수밖에 없었다.

여기서 자르가드가 카운터펀치를 한 대 맞았다.

사실 이쯤에서 끝났더라면 서로가 서로를 적대시하는 상황, 그러니까 예전과 같은 감정이 유지된 채로 다시 전선이 고착화되었을 것이다.

하나 이번에는 반대 상황이 발생했다.

스페디스 제국은 블랙 오크들의 본거지를 섬멸하는 데 성공하고, 자르가드의 군대까지 몰아내면서 크게 기세가 올랐다.

게다가 국내의 중앙정부에 대한 곱지 않은 시선을 돌리기 위한 관료들의 이해관계, 군의 오른 사기, 자르가드에 대한 반발심과 같은 국민적 분위기가 조화를 이루어 전쟁 분위기가 조성됐다.

스페디스 제국은 판을 크게 벌였다.

신성 제국 연합을 동원했다.

그리고 이미 자르가드가 카운터펀치를 한 방 맞은 가운데 연합군의 공격은 쉬이 막아낼 수 없을 것이라 여겼다.

이번에는 스페디스 제국이 당했다.

그리고 연합국들은 스페디스 제국보다 더 많은 피해를 뼈저리게 입었다.

수를 믿고, 자르가드를 얕본 결과였다.

그 바람에 쌍방이 한 대씩 시원하게 주고받은 셈이 되면서, 오히려 응어리가 풀렸다.

그리고 느낀 것이다.

서로를 적으로 돌려서는 좋을 게 없다는 것을.

이 때문인지 대규모 사절단들을 맞이하고 있는 연회장은 양국의 인사들이 서로 대화를 나누며, 평화에 대한 열띤 논의를 하는 모습이었다.

이것이 가식적이든, 진실된 것이든 상관없다.

최소한 지금의 분위기는 블랙 드래곤이 나타났을 때, 언제라도 똘똘 뭉쳐 공동의 적을 상대할 수 있는 분위기였으니까.

어느 한쪽이 이 화해 무드를 깨뜨리지 않는 이상은 좋은 흐름이 이어질 것이다.

*　　　*　　　*

"블랙 드래곤에 대해서는 들어온 정보가 있나?"

"안 그래도 이런저런 이유를 붙여서 정탐을 보내봤는

데, 수상한 조짐이 있었지."

"어떤 움직임인가?"

양국의 관료들이 맛 좋은 와인과 음식의 향연에 빠져
있을 때.

나와 아이거, 메디우스는 연회장 인근에 마련된 독립되
어 있는 별채에서 대화를 나누고 있었다.

모두는 진정 평화를 원하고 노래할지 몰라도, 지금 중요
한 건 이런 문제가 아니라는 것을 너무나도 잘 알고 있었
기 때문이다.

"원래대로라면 조르디스 산에는 블랙 드래곤의 레어가
네 개는 있어야 해. 그곳이 일종의 전초기지 같은 곳이니
까."

아이거의 말에 나와 메디우스는 고개를 끄덕였다.

조르디스 산은 블랙 드래곤의 거점으로 여겨지는 블레
크 산맥에서 북쪽으로 300㎞ 떨어진 지점에 있는 산이었
다.

여기서는 한참을 남쪽으로 내려가야 하고, 그 과정에서
는 멜디르가 있는 엘프들의 땅도 지나야 하는 곳이다.

엘프들이 항시 주시하고 있는 곳이기도 한 조르디스 산
은 엘프들의 입장에서는 가장 위협적인 블랙 드래곤이 가
까이 살고 있는 곳이었다.

드래곤에게 있어 레어는 오랜 집과도 같다.

그래서 레어에 어떤 변화가 일어났다면, 그 자체가 아주 중요한 사실이 된다.

"레어 주변에 다른 움직임이 있나?"

"정확히 말하자면 레어가 사라졌지. 아예 파괴되어 지금 조르디스 산에는 블랙 드래곤의 레어가 없어."

"하나도 아니고 네 개의 레어가……."

메디우스가 말끝을 흐리며, 근심에 찬 표정을 짓는 데에는 이유가 있다. 드래곤이 레어를 '없앤다'는 것이 어떤 의미인지는 드래곤에 대해 조금이라도 공부를 했다면 아는 사실이니까.

인간의 전투나 병법적인 부분으로 접근하자면, 이것은 일종의 배수진이다.

드래곤에게 있어 돌아와 몸을 편히 쉴 곳을 없애버린다는 것. 그것은 휴식을 염두하지 않는다는 이야기와도 같다.

다시 말해서 그럴 여유가 없어질 것이라는 미래에 대한 암시이기도 했다.

인간과의 전쟁을 준비하는 것이다. 혹은 엘프들을 노리려고 하는 것일 수도 있다.

레어를 파괴했다는 것은 상징적이면서도 가장 강력한

의지의 표현이기도 했다.

그중에 하나가 라키시스의 레어라고 해도, 이미 그의 뜻에 동조한 블랙 드래곤 셋이 더 있다는 이야기가 된다.

"그동안 짐작만 했지만, 이제는 확실해진 거죠. 블랙 드래곤은 반드시 전쟁을 일으킵니다. 방향은 크게 세 가지가 있을 겁니다. 동족 간의 전쟁. 엘프를 노린 전쟁. 인간을 노린 전쟁."

"당연히 첫 번째 경우는 아닐 것이고."

"두 번째는 가능성은 있으나 희망사항 같군."

아이거와 메디우스가 차례대로 대화를 이어갔다.

정확하게 짚은 말이다. 가능성이 있다고 해서 그 일이 일어날 확률이 높은 것은 아니니까.

"블랙 드래곤은 인간들과의 전쟁을 준비하게 됐어요. 그리고… 그 규모는 짐작할 수 없죠. 다만 즉각적인 움직임을 보이지 않는다는 건, 유기한의 대비 시간을 준 것이라는 생각도 드는군요."

바로 전쟁을 일으킬 생각이었으면 레어가 파괴되었다는 정보 자체를 수집하기도 전에 어디선가 전투가 일어나도 크게 일어났을 것이다.

그렇지 않다는 것은 완급 조절을 한다는 것을 뜻한다.

블랙 드래곤은 호전적이지만, 동시에 신중하기도 하다.

특히나 라키시스는 더더욱 그렇다. 나와 아이거에게 호되게 당한 기억이 있는 만큼, 더욱 생각을 깊게 할 것이다.

이것이야말로 내가 마지막 삶에서 가장 유리하게 잡은 포인트이기도 했다.

준비할 수 있는 시간은 많으면 많을수록 좋다.

드래곤이 분명 인간의 한계를 뛰어넘은 고귀한 존재이기는 하지만, 알려진 것과는 달리 신은 아니다.

드래곤들도 숨을 쉬고, 피를 흘린다.

그리고 돌이킬 수 없는 치명상을 입으면 인간처럼 죽는다.

"이제부터 어떻게 하면 좋을까?"

아이거는 머릿속이 확실하게 정리되지 않았는지, 내게 질문을 던졌다.

보통 아이거 스스로 결론을 내어 말하곤 하지만, 이번만큼은 어려운 난제가 맞다.

"이제 전쟁은 피할 수가 없습니다."

나는 메디우스를 바라보며 말했다.

메디우스의 공감도 중요하다.

나는 스페디스 제국을 포함한 대다수 국가의 마법사들에게는 변종과도 같은 존재다.

실력만 놓고는 인정받을지언정, 메디우스가 가지고 있

는 명예나 존경을 가지고 있지는 못하다.

그래서 전반적인 분위기의 변화를 자연스럽게 이끌어 낼 수 있는 메디우스의 역할은 매우 중요하다.

그것은 남들과는 다른 방식으로 성장한 내게 존재하는 유일한 빈틈이기도 하다.

"알고 있다. 모처럼 찾아온 대륙의 유례없는 평화 무드야. 이럴 때 합심해서 대비를 해야겠지."

"각국에서 드래곤을 상대로 충분히 전투를 치를 수 있는 전력을 최대한 보호해야 합니다. 드래곤들이 가장 두려워하는 건, 자신들에게 가장 큰 상처를 남길 수 있는 슬레이어(Slayer)의 기질이 있는 전사들이니까요."

"이제는 세상에 널리 알려야겠군. 블랙 드래곤의 추악한 만행을 말이야."

"그것이 어떤 부분에서는 왜곡된 것이어도 괜찮습니다. 블랙 드래곤이 악역을 맡게 하려면, 확실하게 그림을 그려주는 것이 좋겠죠. 그리고 이야기해야 합니다. 블랙 드래곤은 드래곤들의 시선으로 봤을 때도, 이단아이자 문제아 같은 존재라는 것을 말이죠."

평화를 원하는 것은 비단 인간들뿐만은 아니다.

드래곤의 소수의 강한 종족이지만, 그렇기에 위기에 처했을 때 더 빨리 쇠락의 길로 빠져들 수 있는 종족이기도 했다.

블랙 드래곤을 제외한 나머지 드래곤들은 사는 곳도 인간들과는 거리가 멀고, 그들은 개인의 영생 혹은 마법적인 연구를 원하는 드래곤들이다.

인간들 전체와 블랙 드래곤 일족의 대결 구도.

잘 준비된 전투라면 분명 해볼 만했다.

그날 새벽.

메디우스는 눈을 붙이기 위해 사절단에게 마련된 저택으로 향했지만, 나와 아이거는 별채에서 계속 이야기를 나누고 있었다.

물론 메디우스의 기분이 나쁘지 않도록, 그저 산책이나하며 잠시 떨어져 있었던 기간 동안의 이야기나 나누겠다고 했다.

메디우스는 흔쾌히 자리를 떠났고, 나와 아이거는 어느 누구의 시선도 받지 않고 자유롭게 이야기를 나눴다.

메디우스는 내 스승이지만, 모든 것을 터놓고 말하기엔 조심스러운 존재이기도 하다.

메디우스를 믿지 못해서가 아니다. 그를 하나부터 열까지 모두 이해시키기에는 내가 살고 있는 이 '비정상적인 삶'을 확실하게 납득시킬 수 없으니까.

하지만 아이거는 내 정신 속에 함께 존재하면서, 내가 그동안 살아온 100번의 삶을 모두 경험했다.

기억을 읽은 것이지만, 그것 역시 간접적인 경험인 것은 마찬가지다.

"어떤 그림을 생각하지?"

"좀 더 단도직입적으로 물어보는 게 좋을 것 같은데."

잠깐의 적막을 깨고 던진 아이거의 질문에는 묘한 뜻이 숨겨져 있었다. 아이거와 나 사이에 굳이 돌려 말할 이유가 없다. 나는 좀 더 날카롭게 되물었다.

"너는 전쟁을 막아서는 안 되는 입장이야. 그럼 네가 원하는 최고의 자리를 얻을 수 없지."

"그럴까? 시간은 블랙 드래곤에게만 있는 것은 아냐. 내게 더 많은 시간을 주게 된다면, 오히려 나로서는 잘된 일이지."

"흑마법과 백마법, 그 경계를 자유로이 넘나들 수 있는 힘의 원천이 있으니 자신 있다는 건가?"

아이거의 말에 나는 고개를 끄덕였다.

"가장 최악의 상황을 생각하며 움직일 뿐이야. 내게 더 많은 시간이 주어진다는 건, 그만큼 더 가능성이 높아지는 것을 뜻하지. 하지만 모든 일들이 빠르게 벌어지는 만큼, 그 호흡에 맞출 뿐이다."

모든 일들은 순식간에 이루어졌다.

초창기의 삶에서는 수십 년이 걸려서 이루어졌던 일이 지금은 불과 1년 남짓한 기간에 일어났다.

삶의 반복.

그리고 그 반복 속에서 내가 만들어 낸 최단거리의 지름길은 내 인생의 흐름도 지름길 속으로 인도했다.

정말 빨리감기를 하듯 엄청난 일들이 내게 일어났고, 나는 마법사로서 이를 수 있는 최고의 경지에 올라 있다.

마지막 100번째의 삶.

여기서 죽으면 내가 돌아갈 곳은 어디가 될까.

대한민국? 아닐 것이다.

갈 수 있었다면 진작 '그'가 나를 원래 살던 곳으로 되돌려 보내 줬겠지.

시간의 흐름이 빨라졌는지 느려졌는지는 중요하지 않았다.

블랙 드래곤과의 전쟁이 지금 당장이 아니라, 50년 뒤에 일어나도 상관없다.

내게 있어 시간 1년, 10년은 이제 그렇게 크고 작은 단위가 아니게 되었다.

"참, 너라는 놈의 삶도 피곤하군. 사서 고생은 나만 한 건 아닌 모양이지, 후후."

아이거가 미소를 짓는다.

나 역시 그를 따라 똑같은 미소를 짓는다.

맞는 말이다.

내가 선택해서 한 고생은 아니지만, 분명 나는 지금 사서 고생을 하고 있다. 그것도 100번씩이나.

*　　　*　　　*

"네게 친구는 어떤 의미지?"

"친구… 이제는 닳고 닳아 그 의미를 되새기기 힘든 그런 존재가 되었지. 분명 지금의 나에게도 동료가 있고, 사랑을 속삭이는 사람이 있지만. 그 모든 관계에 진심이 있다고 말하기는 힘들지 않을까."

"100번의 삶이 지옥처럼 느껴지지는 않았나?"

"미친 적이 한두 번은 아니었지."

아이거의 질문이 좀 더 마음속 깊숙한 곳을 파고들자, 나도 모르게 밤하늘을 올려다보게 됐다.

항상 머리 위로 보이는 밤하늘은 한결같아 보인다.

그것은 몇 번의 삶을 반복했어도 늘 같았다.

처음에는 삶을 다시 살 수 있다는 것이 재밌었다.

내가 했던 실수들을 바로잡아 정답으로 만들고, 남들에

게 주어졌던 행운들을 가로챌 수 있었으니까.

사실 이번 100번째 삶은 그런 수많은 행운의 집중이자, 정답의 산물이기도 하다.

계속 삶을 반복하면서 최적화된 삶으로 만든 것이고, 그래서 지금의 내가 있는 것이다.

"듣고 싶다. 네가 살아온 삶을."

"갑자기 진지하게 경청하려는 자세를 하고 있으니 너답지 않은데. 이번에 만난 너는 과거에 만난 너와는 또 다르고. 이런 건 예측 못 한 변수이기도 하지. 그렇게 많은 삶을 반복했지만, 변수는 늘 존재했어."

"그때 네 기억 속에 있는 내 많은 모습들을 볼 수 있었다. 신기하더군. 어느 세계에서의 나는 끝없이 네게 원망 섞인 말만 퍼붓더군. 어떤 나는 체념하고 평생 말도 하지 않았어. 근데 이번 삶의 나는 이렇게 인간의 육신을 얻어, 너와 자유로이 대화를 하고 있다."

내가 아이거와 말을 편하게 할 수 있는 것은 그가 원하든 원치 않았든 내 모든 것을 알게 되었기 때문이다.

이는 양날의 검이 될 수도 있었다.

하지만 아이거는 내 믿음을 저버리지 않았다.

그는 오히려 내가 겪어온 모든 삶을 이해하고는 나를 돕기 위해 적극적으로 움직이고 있었다.

나를 통해 새로이 삶을 부여받았으니, 내게도 보답을 하려는 것 같았다.

"살인자가 되었던 적도 있었지."

나는 과거의 기억들을 하나씩 끄집어냈다.

정말로 미쳐 버렸던 적이 있었다.

그래서 그 삶에서는 눈에 보이는 모든 이들을 살육하고 다녔다.

강한 힘, 맞설 수 없는 힘을 바탕으로 살려달라 애원하는 사람들을 죽이는 것은 그것대로의 '재미'가 있었다.

절대 내가 살인을 즐기거나, 사이코패스 적인 기질이 있어서가 아니었다.

인간 본연의 폭력성, 동물로서의 본능에 초점을 맞췄을 때의 이야기다.

그 삶에서 나는 도덕적이고 종교적이며, 철학적인 모든 것에서 탈피하여 오로지 내 감정에만 충실했다.

하고 싶은 것은 거리낌 없이 했고, 죄책감 같은 건 가지지도 않았다.

그랬더니 정말 미친놈의 삶이 됐다. 아니, 미쳐 버렸다.

당연히 목숨줄이 오래 붙어 있을 리 만무했고, 결국 쫓기고 쫓기다 처참한 최후를 맞이했다.

이렇듯 내 삶은 수많은 시도와 갈래의 연속이었다.

어떤 삶에서는 키리아트 마을조차 나오지도 못한 채 죽기도 했고, 어떤 삶에서는 아주 평범하게 살다가 세상을 떠나기도 했다.

그렇게 눈을 감는 순간, 나는 모든 것이 끝났다고 생각했지만. '그'는 나를 원점으로 복귀시켰다. 이번에는 꼭 성공하라는 한마디만 남긴 채.

"'그'라는 존재는 지금 이런 우리의 대화도 보고 있을까?"

"그건 생각해 보지도, 생각하고 싶지도 않아."

아이거의 말에 나는 고개를 저었다.

정확히 말하자면 나는 100번의 삶이 '그'의 꼭두각시, 그러니까 그의 유희를 위해 쓰이고 있다고 생각한다.

어쩌면 그가 내게 건 약속은 지켜지지 않을지도 모른다.

즉, 이 세계에서 최고의 존재가 된다 하더라도… 그리고 죽는다고 하더라도, 이 삶의 반복이 끝나지 않을 수도 있다는 이야기다.

다시 101번째 삶이 시작될 수도 있다.

그래서 인간이 신 앞에서는 한낱 미물에 불과하다는 이야기가 있는 것이다.

그가 정말 절대적인 존재라면. 그리고 내가 그 절대적

인 존재의 장난감으로서 선택됐다면 난 이 지옥 같은 굴레를 벗어날 방법이 없다.

"하아."

생각이야 늘 이렇게 해왔던 것이지만, 왠지 갑자기 기운이 쭉 빠지는 듯한 느낌이 들었다.

나는 물을 먹은 솜처럼 무거워진 느낌에 그대로 뒤로 드러누웠다. 그러자 아이거도 나를 보며 씨익 웃더니, 옆에 함께 눕는다.

졸지에 대마법사 둘이 방 안에서 드러누워, 다리를 쭉 뻗고 있는 모양 빠지는 광경이 연출됐다.

"힘들겠군."

"힘들진 않아. 지칠 뿐이지."

"20대 청춘이 아니라, 거의 드래곤만큼을 산 노인네의 말답군."

"정답이다. 후후."

젊은 사람의 몸을 하고 있는 수천 년을 산 인간.

이런 특별한 '나'라는 자아를 받아들이기까지도 수많은 시행착오를 겪었다.

이런 시행착오는 심지어 지난 삶에서도 경험했던 일이었다.

지금도 여전히 내리지 못한 정답이기도 하다.

나는 매 삶에서 이 레논이라는 녀석의 몸을 빌려 살고 있다. 나는 레논은 아니다.

레논의 모습을 하고 있을 뿐.

도대체 나는 누구인가?

그 답을 아직도 내리지 못했다.

레논이 아니라고 할 수도 없기에.

이미 내게 있어 레논이라는 존재는 수천 년을 함께한 몸이었다.

오히려 이 세계로 오기 전의 삶. 대한민국에서의 내가 이방인처럼 느껴질 정도다.

"블랙 드래곤을 상대로 승리한다면, 네 목적은 달성되는 건가? 모든 드래곤을 멸족시킬 수는 없을 텐데."

"그가 원한 건 하나였어. 드래곤도 함부로 할 수 없는 존재가 되는 것. 그것이야말로 절대적인 존재라 할 수 있으니까."

"그렇다면 드래곤보다 더 강해지거나, 최소한 드래곤 정도로 강해져야 한다는 이야기가 아닌가?"

"그거에 대해선 다른 답지가 있어. 내게 필요한 건, 내 앞에서 무릎을 꿇고 숨이 끊어져 가고 있는 드래곤 하나. 그의 심장이면 돼. 물론 다른 이의 힘을 빌리지 않고, 순수한 내 힘으로 무릎을 꿇린 드래곤."

드래곤 하트.

나의 최종 도착점이다.

내가 어떻게든 드래곤과 싸우려 하고, 드래곤으로서 이 지긋지긋한 삶을 마무리하려는 것은 바로 드래곤의 심장, 드래곤 하트 때문이었다.

'그'가 내게 남겨 준 마침표이기도 했다.

드래곤 하트를 손에 넣는 순간, 나는 그 안에 내재된 힘을 얻을 수 있다.

물론 그렇다고 해서 드래곤이 되는 것은 아니지만, 적어도 드래곤의 힘에 준하는 마나의 정수를 얻을 수 있는 것이다.

그리고 드래곤 하트에 담겨진 마나의 정수를 완벽하게 내 것으로 만들어 한 차례 더 성장하는 순간, 이 고된 여정은 끝이 난다.

드래곤 하트를 얻는 일은 언뜻 보기엔 쉽게 느껴질지도 모를 것이다.

다수의 인원을 모아 드래곤을 사냥하고, 드래곤에게서 심장을 적출하면 되니까.

하지만 '그'는 이런 식으로 얻은 심장은 인정하지 않는다고 했다.

내 스스로 드래곤과 일대일 승부를 벌여 얻은 것이라야

했다. 9클래스의 인간 마법사가 그 이상의 용언 마법을 구사하는 드래곤을 상대로 승리를 거두라니.

그래서 과거의 삶들은 모조리 실패했다.

다만 이번 삶에서 내가 믿고 걸어보는 것은 아이거의 조각을 통해 얻은 마법의 힘과 그동안 내가 체득해 온 최적화된 공격 방식들, 그리고 외우다 못해 거의 보일 정도의 드래곤들의 공격 패턴까지.

이 모든 경험의 집대성이 나의 강점이기에 그것에 모든 것을 걸어보는 것이다. 다른 것은 없었다.

"스케일 한번 대단하군. 드래곤 하트를 직접 두 눈으로 본 인간은 없다. 드래곤이 자신의 죽음을 직감하면, 스스로 몸에서 분리시켜서라도 인간에게 주지 않으려 하는 것이 드래곤 하트지. 심지어는 동족이 와서 죽어가는 동료에게서 심장을 적출해 내고, 냉정하게 몸을 버리고 가지. 드래곤의 몸은 그야말로 인간들에게는 보물과도 같은 육체니까."

"그럼 내가 선구자가 되는 것도 나쁘지 않겠지. 드래곤 하트를 최초로 마주한 인간 마법사."

아이거의 말은 사실이었다.

그만큼 드래곤은 자신의 심장을 소중히 여기고, 인간의 손이 닿지 않게 하려고 한다.

육신은 주더라도, 심장은 줄 수 없다. 그것이 드래곤들의 공통된 생각이었다.

블랙 드래곤이라고 해서 다를 것이 없다.

"한 가지는 내가 더 알고 있어야 할 것 같은데. 그렇다면… 만약에 드래곤 하트를 손에 넣으면, 그것이 온전히 네 것으로 되는 데에는 얼마가 걸리지?"

"일주일."

"일주일을 버텨야 임무 완수다?"

"이론적으로는."

나는 고개를 끄덕였다.

드래곤 하트 안에 담긴 신성한 드래곤의 힘이 내 것이 되기 전까지는 나는 결국 9클래스의 인간 마법사에 불과한 존재가 된다. 그 이상을 뛰어넘을 수 없다.

전투도 전투지만, 이 기간을 살아남는 것도 중요했다.

동족이 죽고 드래곤 하트를 탈취당했다면.

그때는 전쟁에 관심이 없던 블랙 드래곤 일족 전체가 움직일지도 모른다. 그렇게 되면 나는 땅끝까지, 정말 지옥의 문턱까지 도망칠 각오로 그들에게서 멀어져야만 한다.

드래곤 한둘은 맞설 수 있을지 몰라도, 일족 단위가 움직이면 나뿐만이 아니라 세상의 어느 누구도 쉽게 맞설 수 없다.

냉정하게 말하자면, 솔직히 이 세계가 어떻게 되는지에 대해서는 아무 상관없다. 심지어 모든 것이 불타 없어진다 하더라도.

내 목적만 달성하면 된다.

냉혈한적인 생각이라 할지도 모르겠지만, 그건 내 입장이 되어보지 않았기에 할 수 있는 소리다.

지금의 내가 바라는 건… 이 악몽과도 같은 굴레를 끊는 것뿐이다.

예전의 나는 세상을 구하려고도 해봤고, 재앙을 막으려고도 해봤다.

사람들이 원하는 영웅으로서 선한 삶을 살면 '그'가 정상참작을 해주지 않을까 하는 생각도 있었다.

결과부터 말하자면 오답이었다.

그는 목표에 충실할 것을 요구했다.

수단과 방법을 가리지 않고.

그래서 점점 생각을 바꿔오기 시작했고, 이번 삶에서는 망설임 없이 마음을 정했다. 성공해야 한다. 실패하면 내게는 다음이 없으니까.

*　　　*　　　*

새벽녘.

아이거와의 대화는 한참 계속됐다. 동이 틀 때까지 이어진 긴 대화였다.

우리는 정말 많은 이야기를 했다. 그동안 했던 대화보다 더 많은 이야기를.

아이거는 보이지 않는 곳에 숨겨진 내 아픔이나 슬픔에 대해 듣고 공감했고, 나는 아이거가 괴짜가 될 수밖에 없었던 그 이유와 과정에 대해 알 수 있었다.

사연 없는 사람은 없다고 하던가.

나나, 녀석이나 결국 저마다의 이유, 저마다의 목적을 추구하기 위해 살아가고 있었다.

다만 지금 이 삶을 제3자의 입장에서 마음 편히 즐길 수 있는 아이거가 좀 더 속 편해 보이기는 했다.

'할 수 있어.'

나는 조금 오글거릴지도 모르는.

하지만 꼭 내게 하고 싶었던 말을 되뇌었다.

할 수 있다.

실패를 한 번 더 추가하고 싶지는 않다.

이미 99번을 실패했던 삶.

마지막은 화려하게, 성공적으로 끝내고 싶다.

2장

마지막 휴식

"믿을 수 없는 일이야. 처음 레논을 만났을 때만 해도 이런 건 생각지도 않았었어."

"후후, 세상일이란 모르는 법이지."

"뭐야, 마치 늙은 사람과 이야기하고 있는 것 같아. 그 사이 나이가 든 느낌? 달라졌어, 레논."

나는 셀란 시에 와 있었다.

스페디스 제국 서쪽의 해안 도시 셀란.

이곳에는 내 가족과 로이니아, 그리고 카터를 비롯한 지인들이 모두 있다.

확실히 셀란 시는 안전했다.

해안 도시임에도 불구하고 해적 지우드의 손길도 닿지 않았고, 도시 곳곳엔 경계 검문을 서고 있는 경비병들로 물샐틈없었다.

몇몇 냄새를 맡은 해적들이 해안가에 상륙해 셀란 시의 사람들로부터 재물을 약탈할 기회를 잡으려 했지만, 요새화된 해안가는 거의 철옹성과도 같았다.

결론은 실패. 불과 며칠 전에도 해적들의 공격이 있었지만, 모두 격퇴되었다고 했다.

그 와중에 해적들의 수장격인 한 놈을 잡아 공개 처형했는데, 그 잔인함이 해적들로 하여금 오금이 저리게 할 정도라고 했다.

어쨌든 셀란 시는 큰돈을 들여 주변 사람들을 피신 시킨 그 값을 했다. 그것이면 충분했다.

나와 로이니아는 손을 맞잡은 채, 산책로를 따라 걸었다.

당장에 조금만 시선을 돌려도 일촉즉발(一觸卽發)의 전쟁이 코앞에 있지만, 이렇게 로이니아와 꽃들이 무성한 길을 따라 걷고 있으니 시간의 흐름조차 잊혀지는 것 같았다.

나를 바라보는 로이니아의 눈빛에는 깊은 애정이 담겨 있었다.

오랜 기간 제대로 만나지 못했던 것이 그녀에게는 더 깊은 애정이 되어, 나에게 표출되고 있는 듯하다.

하지만 나는 그사이 식어버린 감정이 조심스럽게 느껴졌다.

그것은 로이니아가 싫어서이거나 혹은 매력이 없어서가 아니다.

내 감정이 무디어진 것이다. 수천 년의 삶이 만들어 낸 일종의 부작용이다.

가끔 잊고 있었던 감정을 떠올릴 때면, 마치 새롭게 감정을 느끼듯이 모든 것이 폭발적으로 치솟지만. 이내 시간이 흐르면 또다시 잠잠해진다.

사랑도 마찬가지다. 로이니아에 대한 마음은 같지만, 그 설렘은 없다.

지금의 로이니아에게 나는 첫 번째 레논이지만, 지금의 내게 로이니아는 수십 번 이상을 마주했던 사람이다.

그때마다 그녀의 모습이 달랐고, 미래가 달랐다.

지금 역시 다르다. 그래서 무디어진 감정이었고, 나는 내색하지 않고 그녀를 대하고 있었다.

다만 죄책감을 느끼거나 미안하지는 않았다. 감정이 변

한 게 아니니까. 내 생각이 바뀌었을 뿐이다.

"이곳 생활은 할 만해?"

"응. 정말 좋아. 스페디스 제국이지만, 꼭 다른 세상에 와 있는 것만 같아."

돈이 좋다는 건 현대 세계나 이 판타지 세계나 다를 것이 없다. 자본주의가 있는 한, 어느 세상을 가도 그러할 것이다.

셀란 시는 시민권을 가지고 이곳에서 생활하고 있는 모든 시민들의 보호에 적극적이었고, 개개인을 밀착 관리할 수 있을 정도로 관리 인력도 많았다.

유사시에는 지하에 위치한 임시 대피소로 신속하게 시민들을 이동시킬 수 있는 체계적인 대피 체계도 갖춰져 있었다.

설령 이곳에 드래곤이 나타난다 하더라도, 셀란 시는 재빠르게 다음 대응을 할 것이다.

냉정하게 말하자면 이번 삶이 내게는 마지막이고, 이번 삶에서 함께하고 있는 가족이나 연인이 죽어 없어진다고 해서…

크게 문제될 것은 없었다.

냉혈한처럼 들릴지도 모르겠지만, 그게 사실이다.

어차피 다음 삶은 존재하지 않는다. 설령 101번째 삶이 존재하더라도, 그때 만나는 가족과 지인들은 100번째 삶의 그들과는 전혀 다른 또 다른 평행우주 속의 개체니까.

"레논."

로이니아가 조심스럽게 나를 바라보았다.

그녀의 눈빛에는 걱정이 가득하다.

내가 말하지는 않았지만, 분명 오빠 아론을 통해서 이런 저런 제국의 소식을 들었을 것이다.

블랙 드래곤에 대한 소문도 마찬가지일 것이다.

메디우스의 적극적인 '홍보' 덕분에 블랙 드래곤의 위험성에 대한 사람들의 인지는 예전보다 높아져 있었다.

사람들은 그저 책 속의 존재, 다른 세계에 존재하는 고귀한 영혼이라고 생각했던 블랙 드래곤의 추악한 본성에 대해 눈을 떴다.

동시에 두려워했다.

셀란 시로 유입되는 인원이 점점 늘어나고 있는 것은 바로 이에 대한 반증이었다.

고위 마법사나 기사들에게 드래곤은 한 번쯤은 슬레이어를 꿈꿔볼 만한 전투의 대상일지 몰라도, 평범한 사람들에게는 거의 신과 같은 두려움의 존재였다.

신을 이길 수 있다고 생각하는 사람은 없다.

신이 노하지 않도록, 그 노여움이 인간에게 화살이 되어 향하지 않도록 간절히 바랄 뿐이다.

셀란 시는 그런 바람과 기도가 담긴 사람들의 집합처였다.

그렇기 때문에 이곳은 오히려 스페디스 제국의 황도보다도 더 많은 소식들이 돌았다.

이곳으로 피신을 온 몇몇 귀족들은 아예 정보를 물어다 주는 길드와 계약을 맺고, 수시로 주변의 돌아가는 상황을 전해 들었다. 여차하면 도망쳐야 하니까.

"레논보고 여기서 계속 같이 있자고 하는 건 욕심이겠지?"

"나도 그러고 싶지만, 아직은 해야 할 일이 많아."

"언제쯤 평화가 찾아올까?"

"……."

나는 로이니아의 말에 쉽게 답을 해줄 수 없었다.

그 대신, 붙잡은 손을 좀 더 따뜻하게 맞잡아 주었다.

"걷자. 아직 일어나지도 않은 일을 걱정할 필요는 없어. 모든 건 정상적으로 순리대로 흘러가게 될 거야."

"거봐, 지금 말하는 거. 정말 늙은 사람 같다니까."

나는 대답 대신 조용히 미소를 지어 보였다.

정답이니까.

그녀의 육감은 맞고 있는 것이다.

로이니아는 나와의 시간을 너무나도 즐거워했다.

잠시 사람의 시선이 닿지 않는 어느 산책로의 조용한 길목 위에서.

우리는 좀 더 깊은 교감을 나누었다.

시간에 감정이 무디어졌을지언정, 그 감정 자체가 사라지지는 않았다.

어쩌면 작위적인 연기가 담긴 감정의 표현일지 몰라도, 그것이 잘못됐다고 생각하고 싶지는 않다.

적어도 로이니아에게 보이는 내 모습이 진실되어 보이면, 그것으로 족하다.

*   *   *

"솔직히 이 어미는 아직도 믿을 수가 없구나. 우리 집안에서 마법사라니… 그것도 사람들이 대마법사라고 추앙하는 메디우스 님과 같은 힘을 가질 수 있으리라고는……."

"말씀드렸잖아요, 운이 좋았어요. 하늘이 제게 선물을 내리신 거죠. 정말 감사드리고 있어요."

"정말 하늘의 도우심이구나. 이 어미가 덕분에 이렇게 매일 사람들과 이야기하기 바쁘잖니. 사람들은 우리 집에 무슨 보물이라도 숨겨진 줄 알더구나. 그렇지 않으면 이런 일은 일어날 수 없다고."

"당연한 반응이에요, 어머니."

"오빠! 근데 우리 언제까지 여기에 있어야 해?"

"많이 불편해?"

"아니, 그렇진 않은데. 그래도 키리아트 마을이 너무 그리워서. 돌아가고 싶기도 하고……."

어머니와 레니는 한결같았다.

마치 '선함'이라는 프로그램이 입력이라도 된 것처럼 100번의 삶에서 어머니는 항상 정직하게 살았다.

그 선한 감정은 어떤 형태로든 변한 적이 없었다.

레니도 마찬가지다.

말괄량이면서 투정을 부리는 것도 한결같다. 물론 오빠를 아끼고 사랑하는 마음 역시 변함이 없다.

처음에는 질렸었다.

항상 시작을 함께하는 가족들에게 별다른 변화가 없으니까.

하지만 언제부터인가는 생각이 달라졌다.

삶의 어느 순간에서부터인가 변수가 개입되며 달라지지만, 적어도 어머님과 레니만은 다르지 않았다.

그것이 고맙게 느껴졌다. 언제나 날 위해서 희생할 준

비가 되어 있는 가족. 그 가족의 소중함을 깨닫기 시작한 것이다.

"레니, 곧 돌아갈 수 있을 거야. 지금은 위험해. 오빠는 레니가 위험에 빠지는 걸 원치 않아. 지금은 조금 그립더라도 꾹 참고, 여기에 있어보자. 셀란 시만큼 제국에서 가장 안전을 보장할 수 있는 곳은 없어."

"알고 있어, 메롱! 그냥 얘기해 본 거야, 오빠."

삐죽 혀를 내미는 레니의 모습이 유독 더 귀엽게 보인다.

나는 레니의 머리를 어루만져 주고는 다시 어머니에게로 시선을 옮겼다.

"불편한 건 없으시죠?"

"아우, 너무 편해서 걱정 아니겠니. 잘 지내고 있단다. 오히려 이 어미는 레논 네게 무슨 일이 생기는 것은 아닌가 걱정하고 있단다. 사람들이 그러더라. 이제 곧 드래곤과 전쟁을 하게 될 수도 있다고 말이야."

"예. 그렇게 될 것 같아요."

나는 담담하게 답을 했다.

호들갑을 떨 일도 아니고, 거짓말을 할 일도 아니다.

특히나 내 가족이기에 더 알고 있어야 할 일이기도 하다.

"꼭 무탈해야 한다. 네게 가장 부담을 주는 말일지도 모르겠지만, 이 어미는 레논 네게 절대 슬픈 일이 생기지 않았으면 한다. 레니와 레논이 없다면……."

어머니는 그새 눈시울을 붉혔다.

평생을 나와 레니를 바라보고 산 어머니이기 이해되지 않을 것도 없다.

나는 어머니를 꼭 끌어안아 주었다.

그 순간에도 아주 잠시, 내가 기계적으로 움직이는 것은 아닌가 하는 생각을 했다.

이 모든 것들이 위로의 감정이나 진심이 아닌, 그저 정해진 각본대로 움직이는 인위적인 느낌이 있었다.

설령 그렇다고 하더라도 어쩔 수 없는 일이라는 생각도 들었다.

그만큼 나의 반복된 100번의 삶은 정상적이지 않은, 순리와 천륜에 어긋나는 비정상적인 삶이었다.

나는 지금도 충분히 스스로를 잘 컨트롤하고 있다. 무디어진 감정을 포장된 진심으로 메꾸고, 마지막으로 다짐하고 또 다짐하며 그동안 준비해 온 악연을 끊고자 한다.

"꼭 살아 돌아올 겁니다. 제가 어머니와 레니의 곁을 먼저 떠날 일은 없을 거예요."

이 말은 진심이었다.

내가 바라는 바이기도 했다.

내가 그리고 있는 그림에 나의 죽음은 존재하지 않는다.

나는 반드시 살아남을 것이다.

그리고 죽는 것은 내가 아닌 상대, 바로 블랙 드래곤이 될 것이다.

그리고 만나야 할 사람.

카터와도 만났다.

카터는 셀란 시로 와 있는 와중에도 열심히 수완을 발휘해, 상단의 역량을 이쪽으로도 집중시키고 있었다.

카터는 정말 타고난 장사꾼이었다.

변하지 않는 것들의 목록 중에서 가족을 제외하면, 하나 남는 것이 바로 카터다.

카터의 장사 수완은 몇 번의 삶을 반복해도 한결같이 영리했다.

물론 시류를 파악하고 발빠르게 대처하는 카터의 모습이 경쟁자들에게는 '기회주의자'처럼 보일지 모르겠지만, 그건 결국 장사꾼의 질투일 뿐이다.

그만큼 카터는 보는 눈이 좋았다.

"레논, 정말 내 곁을 떠나진 마라. 네가 있어서 지금의 나도 있는 거야. 하루에도 몇 번씩 신전에서 기도를 한다. 내가 신을 안 믿는 건, 너도 알잖아. 레논, 넌 꼭 건강해야 해."

카터는 처음 나를 본 순간부터 끝까지 잔소리처럼 같은 말을 반복했다.

그 마음을 나는 이해한다.

카터에게 그만큼 나는 소중한 사람이었으니까.

그렇게 잠시 복잡한 생각에서 벗어나, 셀란 시에서 보낸 평온했던 시간들이 빠르게 지나갔다.

이제 다시 내게 소중한 사람들과의 이별이 다가오고 있었다.

그리고 그 이별은.

필연적이고 필사적인 사투의 시작을 예고하고 있었다.

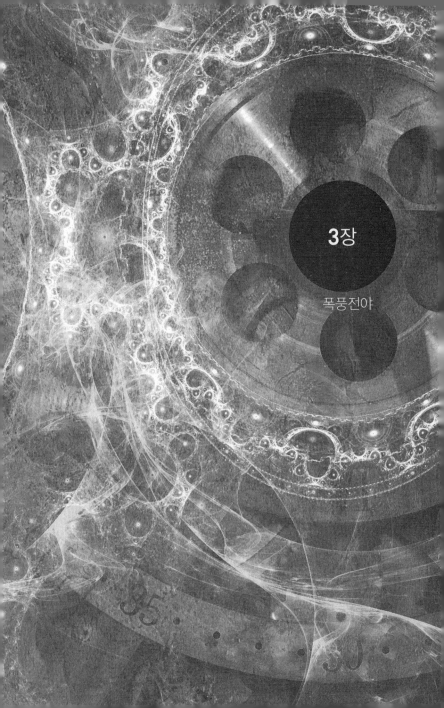

3장

폭풍전야

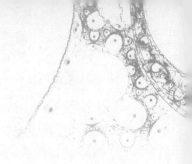

　마도국 자르가드에서부터 시작된 블랙 드래곤에 대한 소문은 대륙 각지로 퍼져 나갔다.

　이미 마도국에는 목격자가 있었다.

　수도의 베르가디안 집무실, 그러니까 마법부 근처에서 하늘 높이 솟아올라 날개를 펄럭거리며 사라졌던 블랙 드래곤의 모습을 본 사람이 적잖았던 것이다.

　아이거는 바로 그 블랙 드래곤, 라키시스에 대한 정보를 사람들에게 공개했다.

　의도적으로 블랙 드래곤에 대한 두려움을 불러일으킴

과 동시에 사람들이 서로 결속할 수 있는 구심점을 만들어 주기 위해서였다.

단지 소문에 불과할 것이라 여겼던 블랙 드래곤에 대한 사실이 하나씩 밝혀지면서, 사람들은 다가올 위험에 대한 인지를 하나둘 하기 시작했다.

물론 부작용이 꽤 있었다.

가장 큰 변화는 각국의 정국(政局)이 얼어붙기 시작했다는 것.

각각의 파벌과 세력들이 중앙정부 안에서 세력을 확장하기 위해 치열한 다툼을 하던 정국은 '주류'로 대표되는 세력의 통제 구도로 접어들었다.

지나친 정쟁 유발은 오히려 블랙 드래곤의 '하수인'이라는 거의 마녀사냥에 가까울 정도의 여론몰이로 거센 공격을 받았다.

사람들 역시 절체절명의 순간이 올지 모르는 지금 이 시점에서 밥그릇 싸움을 하려는 귀족들의 모습에 차가운 시선을 보냈다.

그다음으로 일어난 변화가 위험 지역으로 예상되는 국경 지대 백성들의 피난 분위기 고조였다.

하지만 이 부분은 오히려 시간이 흐르면서, 차분하게 가라앉는 분위기로 바뀌었다.

왜냐하면 드래곤에게는 국경지대나 중심지대나 다를 것이 없다는 사실이 알려졌기 때문이다.

사실이었다.

어차피 텔레포트 마법을 이용하면 단 몇 초 만에 황성 앞에도 나타날 수 있는 것이 드래곤이다.

마법을 사용할 줄 모르는 인간이라면 '거리'라는 절대적인 요소가 매우 중요하게 작용하지만, 드래곤은 이를 진작에 초월한 존재였다.

그런 걱정은 매우 무의미한 것이나 다름없었다.

다만 그 빈틈을 비집고 창궐하기 시작한 것이 바로 사이비 종교의 등장이었다.

블랙 드래곤을 섬기는, 그들을 우러러보는, 그래서 그들에게 구원을 요청해야 한다는 취지의 종교 집단들이 등장했다.

생각보다 많은 민심이 쏠렸다.

이런 사이비 종교 집단은 백성들의 불안감을 교묘하게 이용했고, 마음속의 빈틈을 파고들었다.

세기말적인 분위기가 조금씩 피어나기 시작했다.

많은 사람들이 다가올 미래의 전쟁에 대해 두려워했고, 부정하고 싶어 했다.

국가 간의 전쟁은 예나 지금이나 있었던 일이지만, 드래곤과의 전쟁은 달랐기 때문이다.

그러는 가운데 드디어 블랙 드래곤이 첫 번째 발톱을
드러냈다.

대륙의 최북단에 있는 스트루만 왕국의 북부에 위치한
발칸 영지에서였다.

완벽하게 초토화됐다.

그동안 쌓인 분노를 풀어내기라고 하려는 듯, 도시는 하
루아침에 한 줌의 재로 변했을 정도로 초토화됐다.

불길이 치솟지 않은 곳이 없었고, 한참을 멀리 떨어진
영지에서도 불길이 보였을 정도로 거대한 화마가 영지 전
체를 덮쳤다.

가까스로 살아남은 생존자들은 자신들이 두 눈으로 본
존재에 대한 모든 것을 토해냈다. 그들은 블랙 드래곤이
었다.

＊　　　＊　　　＊

"차라리 다른 드래곤 일족을 만나 도움을 요청하는 건
어떻겠습니까? 드래곤은 과거에도 필요에 따라 인간과 협
력 관계에 있었던 적도 있습니다."

"결국은 종족의 피를 따라가는 게 순리인데, 블랙 드래

곤에게 공격을 받을 것이라 해서 다른 드래곤에게 손을 벌리는 게 말이나 됩니까?"

"영지 하나가 불과 몇십 초 만에 사라졌어요. 그냥 지워졌단 말입니다. 영지민의 9할이 흔적도 남기지 못하고 재가 됐어요. 이 와중에 자주적(自主的)인 전쟁이라는 게 가능은 합니까?"

스페디스 제국, 마법부 회의.

메디우스의 명령에 따라 소집된 마법사들은 원탁에 둘러앉아 열띤 토론을 벌이고 있었다.

이 토론에는 나도 포함이 됐다.

9클래스의 마법사인 내가 빠질 수는 없었다.

이 회의가 어떤 형태로든 도움이 '안 될 것'이라는 사실은 인지하고 있었지만, 그래도 들어는 볼 생각에 참여를 했다.

외부에서부터 촉발된 거대한 두려움은 반드시 양분된 시선을 낳게 된다.

나는 이런 상황을 이미 반복된 삶에서 수도 없이 경험했다.

모두의 생각이 통일됐던 적은 단 한 번도 없었다.

항상 대립했고, 그 와중에도 위험은 점점 가까이 찾아왔다.

결론부터 말하자면 양쪽의 말이 모두 맞다.

드래곤은 실제로 인간과 손을 잡았던 적이 있다.

아이러니하게도 드래곤이 먼저 인간과의 전쟁을 막기 위해서다.

지금으로부터 한참 오래전의 일이라 모르는 마법사들도 많겠지만, 저 마법사는 마법학에 대한 공부를 오래한 덕분에 과거의 역사들을 잘 알고 있는 것일 터다.

또 한편으로는 드래곤을 상대로 '자주적'인 전쟁이 불가능하다는 시선 역시 맞았다.

나는 가능하다고 보지만, 저 생각 역시 일리가 있는 생각이었다.

드래곤이 작정하고 움직인다면, 끊임없이 인간 마법사들의 추적을 따돌리며 집요하게 인간을 괴롭힐 수 있었다.

아무리 대비를 한다고 해도, 드래곤 특유의 하이 클래스 마법, 그러니까 용언 마법을 이용해 신출귀몰하게 등장할 수 있는 과정을 막기는 쉽지 않았다.

방법이 있지만, 그것은 나나 메디우스처럼 대마법사의 경지에 이른 마법사들이 '간섭'을 이용해 장거리 텔레포트를 막는 방법뿐이다.

6클래스 이하의 마법사들은 어떤 형태로든 드래곤의 이

동 마법 전개를 방해할 수조차 없다.

"지금 우리들이 이렇게 떠들어봤자 무슨 소용입니까? 가장 중요한 의견을 들어봐야 하지 않겠습니까?"

그중 마법사 하나가 메디우스에게로 시선을 돌렸다.

나는 메디우스의 바로 옆에 앉아 있었기 때문에 자연스럽게 시선을 받았다.

물론 대다수의 마법사들은 내가 아닌 메디우스를 보고 있다.

나는 분명 9클래스의 마법사가 맞지만, 대부분의 마법사들은 나를 인정하고 싶지 않아 한다.

불로소득(不勞所得)을 챙긴 듯한 인상을 받고 있는 것이다.

어차피 그들이 인정해 주고 안 해주고는 내게는 상관없는 일이다.

다만 이 마법 회의에 메디우스가 내가 참여해주길 바랐고, 결국 스페디스 제국 마법계의 의견이 각국의 의사 결정에 상당한 영향을 줄 가능성이 높음을 알고 있었기에.

그런 이유로 이 자리에 참여해서 이야기를 '경청하는 척' 이라도 하고 있었을 뿐이다.

"메디우스 님의 의견을 들려주십시오!"

의견은 빠르게 모였다.

사실 갑론을박의 장이 되고는 있었지만, 결국 마법사 중진들이 이곳에 모인 것은 메디우스의 의견을 듣기 위해서다. 사실 그들 스스로 판단하기엔 너무나도 큰 문제를 다루고 있기 때문이다.

드래곤과 직접 싸워본 세대는 이곳에 없다.

모두가 과거의 기록으로 말미암아, 현재 어떻게 되겠구나… 하는 식의 추측만을 할 뿐이다.

인간은 드래곤에게 철저하게 패배했던 적도 있었고, 끝내 극복하여 승리한 적도 있었다.

그래서 확률론적으로 접근할 수도 없었다.

메디우스는 잠시 나를 바라보았다.

내가 무언가 먼저 말을 시작해주길 바라는 눈치지만, 애초에 이 자리는 내게는 불편한 자리다. 아니, 마법사들에게 내가 불편한 존재다.

내가 무슨 말을 해도 색안경을 끼고 볼 것이기 때문에 메디우스가 내가 할 이야기를 대신해 주는 그림이 좋다.

나는 그런 뜻이 담긴 눈빛을 메디우스에게 보냈다.

"문제는 생각보다 간단합니다."

메디우스가 첫 포인트를 짚으며 자리에서 일어섰다.

그는 일흔을 훌쩍 넘긴 노마법사였지만, 이 회의실 안에 있는 수많은 마법사들과는 비교도 되지 않을 정도의 열정과 투지를 가지고 있었다.

겉으로 보이는 모습은 그저 외형에 불과할 뿐.

메디우스는 하루하루를 치열하게 살아온 사람이었다.

그는 제도권에 얽매이길 바라지 않았지만, 그렇다고 해서 스페디스 제국에서 활동하게 되었을 때 이를 아깝게 여기진 않았다.

지금 그는 다른 누구보다도 스페디스 제국을 최우선으로 생각하는 사람 중 한 명이었다.

그래서 마법사들이 그를 존경하는 것이다.

그 반대급부로 풋내기 애송이, 그러나 9클래스의 마법사인 내게 원망의 시선이 오롯이 쏠리는 것이기도 하다.

"이미 우리는 블랙 드래곤의 공격을 받았다는 것입니다. 우리가 블랙 드래곤의 영역을 침범한 적이 있느냐? 없습니다. 블랙 드래곤과의 어떤 협정이나 약속을 위반했느냐? 아닙니다. 하지만 블랙 드래곤은 신성 제국 연합의 스트루만 왕국의 영지 하나를 본보기로 초토화시켰습니다. 이게 의미하는 게 뭐겠습니까?"

"전쟁입니다."

마법사 하나가 자신 있게 답했다.

일순간 시선이 그 마법사에게 쏠렸다.

누군가는 동의의 시선을, 누군가는 부정하고 싶은 회피

의 시선을 보냈다.

"맞습니다. 전쟁입니다. 이미 블랙 드래곤은 우리에게 메시지를 전달했습니다. 그런데 눈에 보이는 이 메시지를 두고, 다른 곳을 보는 이유는 무엇입니까?"

메디우스의 날카로운 시선이 훑은 자리에는 방금 전까지 전쟁에 대한 회의론적인 시선을 보내던 마법사들이 있었다.

장내의 시선이 자신들에게로 쏠리자, 마법사들이 부담스러운 듯 고개를 돌렸다.

잠깐의 적막.

그사이에 메디우스가 내게 눈짓을 보냈다.

말은 직접 하지 않았지만, 그 눈빛이 무엇을 의미하는지는 알 수 있을 것 같다.

나는 옷매무새를 고쳤다. 곧 메디우스가 내 이름을 부를 것 같았기에.

*   *   *

얼마 뒤, 바톤 터치가 됐다.

메디우스는 그간 있었던 블랙 드래곤의 개입 의심 요소들에 대해 일목요연하게 이야기를 이어갔다.

블랙 오크들의 대규모 침공은 이제는 공공연하게 알려진 블랙 드래곤의 개입 요소 중 하나였다.

내가 자리에서 일어서자, 못마땅한 시선들이 쏠렸다.

신경 쓰고 싶지는 않다. 그럴 이유도 없다.

어차피 여기 있는 마법사들이 나를 존경하고 우러러봐준다고 해서, 블랙 드래곤과의 전투에 어떤 큰 영향을 미칠 수 있는 것도 아니었다.

단, 나는 이 사람들에게 충분한 정보를 전달할 의무는 있었다.

왜? 그것이 내가 생각하는 그림에 더 근접하게 다가갈 수 있는 안배가 되기 때문이다.

관조의 제3자 시선으로 이 상황을 보니, 문득 무섭다는 생각이 들었다.

나는 여기 있는 사람들에게 어떤 합당한 전쟁의 이유를 말하려는 것이 아니라, 내가 원하는 장기말이 되도록 조종하려 하고 있는 것이다.

"간단하게 이야기하겠습니다. 블랙 드래곤과의 전쟁은 이미 시작됐고, 되돌릴 수도 없습니다. 다른 드래곤에게 인간의 운명을 맡긴다는 건 어리석은 생각이고, 그래서도 안 되죠."

"왜 그렇습니까?"

바로 반문이 나온다.

메디우스에게는 없었던 반응.

나는 잠시 목소리를 가다듬었다.

그리고 원탁을 따라 앉아 있는 마법사들의 면면을 바라보았다.

이내 열리는 입술.

그리고 나의 말이 이어졌다.

"블랙 드래곤이 시작한 이 전쟁의 이면에는 상황의 추이를 지켜보려는 다른 드래곤 일족들의 계산이 깔려 있기 때문입니다. 숟가락을 얹어도 될 전쟁인지, 아닌지에 대한 치밀한 계산. 고귀한 드래곤으로서의 계산이 아닌 손익을 따지는 실리주의자로서의 드래곤 말이죠."

"그걸 단언할 수 있는 이유는?"

한 마법사가 내게 되물었다.

합리적인 의심이다.

마치 드래곤의 속내를 알고 있다는 듯이 말하는 내 모습이 정상적으로 보일 리는 없다.

가정법을 마치 확신하듯이 말하는 비약처럼 보이겠지.

"인간이나 드래곤이나 생각하고 판단하는 과정은 같습니다. 고결한 드래곤이라고 해서 이익을 탐하지 않는다? 앞서의 역사에서 드래곤이 살아온 길을 보면, 성인군자와는 거리가 멀죠. 오히려 드래곤은 철저하게 이익을 추구합니다. 그래서 때로는 중간계의 조율자로서 인간의 삶에 얼마든지 긍정적인 영향을 끼칠 수 있는 부분도 그렇게 하지 않죠. 왜? 그럼 인간들은 더 많이 드래곤에게 기대를 하게 될 것이기 때문에."

"그건 드래곤에 대한……."

"폄하라고 할 수도 있겠죠. 하지만 이미 드래곤이 충분히 고결함에 결격 사유가 될 만한 일을 하지 않았습니까? 우리가 마도국 자르가드를 공격할 연합군을 편성할 때, 다른 국가가 주판을 두들긴 것과 다를 게 하나도 없단 얘깁니다."

메디우스는 나를 바라보며 묘한 시선을 보내고 있었다.

대체적으로 만족하는 눈치다. 왜냐면 지금 내가 하는 말이 사실상 메디우스가 하고 있는 생각과 일치할 것이기 때문에.

"드래곤은 전쟁이라는 단어를 쉽게 입에 담을 수 있는 개체가 아닙니다. 이 전쟁은 엄청난 피해를 각오해야 합니다. 막을 수 있다면 막아야죠!"

한 마법사가 목소리를 높였다.

대체적으로 이렇게 화의(和議)를 주장하는 경우에는 설득이 쉽지 않다.

그래서 보통 이럴 때는 자신이 주장한 논리를 돌려주는 게 좋다.

"그렇다면 귀하께서 드래곤과 협상할 사절단으로 가면 좋겠군요. 그래야 블랙 드래곤에게 우리의 상황, 현실, 바람을 가감 없이 전해주실 수 있을 게 아닙니까?"

"그, 그건……."

"왜 망설이십니까? 그게 최선의 방법일 텐데요. 마음에 걸리는 점이 있습니까? 드래곤의 속마음은 다를 것 같은?"

이 정도 했으면 어지간한 마법사들에게는 내가 더 가시 박힌 존재처럼 여겨질 터다.

하지만 할 말은 해야 했다. 그리고 장내의 반응도 생각보다 나쁘진 않았다.

메디우스의 말에 좀 더 강경한 나의 발언이 첨가되니, 이것이 일종의 중론(衆論)이 되어가는 느낌이었다. 그리고 기대했던 반응이 나왔다.

"해봅시다. 이미 던져진 주사위가 아닙니까. 수많은 사람이 벌써 블랙 드래곤의 공격에 죽었습니다. 여기서 꼬리를 내리고 무릎을 꿇는다면, 앞으로 드래곤에게 인간은 어떤 존재가 되겠습니까? 그들은 더 많은 것을 요구할지도 모르고, 그때 가서 또 드래곤들의 요구를 들어줄 겁니까?"

"맞습니다. 이미 시작된 전쟁을 되돌리는 가장 좋은 방법은 그 원인을 제거하는 겁니다."

목소리를 높인 것은 젊은 마법사들이었다.

나이가 모든 것을 대표하지는 않지만, 대체적으로 이런 혈기는 젊음에서 나온다.

불가능하다 여겨질 만한 것들에 도전해 보고자 하는 것.

"전쟁의 결정은 우리 스페디스 제국의 역사를 퇴보시키는 중대한 오류가 될 것입니다!"

강경파의 목소리가 높아지자, 반대급부로 화친파의 목소리도 높아졌다.

서서히 논쟁의 불이 붙으려고 하는 바로 그 순간.

"잠시 정회합시다. 6시간 뒤에 다시 소집하겠습니다."

메디우스가 맥을 끊었다.

적절한 개입이었다.

*   *   *

갑론을박은 계속됐다.

스페디스 제국 마법부 회의는 스페디스 제국 내에서뿐

만 아니라, 모든 국가의 시선이 집중되고 있었다.

사실상 이들의 결정이 곧 다른 국가들의 의사 결정에 중대한 영향을 미칠 가능성이 매우 컸기 때문이다.

마법사들도 그 사실을 알고 있었기 때문에 자신들의 의견을 관철시키기 위해 열띤 토론을 반복했다.

나는 서두르지 않았다.

그 대신 혹시나 블랙 드래곤의 공격이 있지 않을지 주변의 돌아가는 상황을 예의주시는 했다.

아직까지는 조용했다. 마치 폭풍전야처럼.

*　　　*　　　*

3일.

중간중간에 들어간 정회 시간을 제외하면, 잠자는 시간을 반납했을 정도로 열띠게 벌어진 이 토론에는 3일의 시간이 필요했다.

기사들로 대표되는 군부에서는 조기에 결정이 끝났다.

전쟁 결의.

그들은 드래곤과의 의미 없는 화친보다 차라리 드래곤 슬레이어(Dragon Slayer)의 명성을 얻을 수 있는 투쟁을 원했다.

물론 그것이 호전적인 성향 때문은 아니었지만, 대체적으로 블랙 드래곤의 야욕에 굴복하고 싶지 않다는 경향이 강했다.

그리고 마법부에서도 결국 정회와 마라톤 토론을 반복한 끝에 중론이 모아졌다.

그것은 바로 '인간들을 영역을 침범한 블랙 드래곤'에 대한 전쟁 결의였다.

일종의 타협안이었다.

모든 드래곤을 적으로 선언한 것이 아니라, 스트루만 왕국의 발칸 영지를 공격한 것으로 알려진 블랙 드래곤에 대해서 전쟁을 선포한 것이다.

하지만 속 편하게 그 드래곤만 상대할 것이라고 여기는 마법사들은 단 한 명도 없었다.

동족이라는 짙은 혈연은 언제고 나머지 블랙 드래곤을 적으로 돌리게 만들 수도 있다.

그래서 마법사들은 대대적인 블랙 드래곤에 대한 자료 조사, 준비에 들어갔고 대륙 전체는 신속하게 전쟁을 대비하는 모습으로 흘러가기 시작했다.

가장 먼저 일반 백성들은 저마다 소매를 걷어붙이고 유사시에 대피할 수 있는 거처를 만들기 위한 작업에 들어갔다. 각 영지, 대영지, 국가 차원에서 진행된 일이었다.

물론 드래곤의 브레스 한 방이면 대지가 초토화되고, 지하의 모든 것이 뜨겁게 달아올라 버리게 되는 것이 현실이지만.

그래도 지하로 깊이 판 대피소라면 살아날 구석이 있었다.

그래서 사람들은 산속의 동굴, 혹은 단단한 암반이 있는 곳 근처에 대피소를 마련했다.

정말 어느 영지를 가도 삽을 비롯한 굴착 도구를 들고, 지면을 파는 사람들이 가득했다.

처음에는 죽음에 대한 공포, 두려움이 사람들의 마음 곳곳을 파고들었지만.

모두가 힘을 합쳐 다가올 위기에 대해 대비한다는 생각은 곧 동질감으로 변했다.

*　　　*　　　*

한편 군의 편제도 비상 체제로 개편되면서, 각각의 목적에 충실한 재편이 이루어졌다.

드래곤을 상대로 한 전쟁은 국가 간, 그러니까 인간과 인간의 전쟁과는 접근법 자체를 달리해야 했다.

1만 명의 병사가 있어도, 하늘을 나는 드래곤을 상대로는 아무런 피해를 입힐 수 없다.

기껏해야 활을 쏘는 정도. 그 정도로는 드래곤의 외피에 생채기 정도만 낼 수 있는 수준이다.

그래서 드래곤과의 전투에 동원될 수 없는 사실상의 '비전투 전력' 들은 전부 유사시 대민 지원에 즉각 투입되도록 했다.

이 과정에서는 전 국가 차원의 공감대가 필요했는데, 이유는 간단했다.

이렇게 군 편제가 바뀌고, 군의 특성이 바뀌기 시작했을 때 갑자기 국가 간의 전쟁이 일어난다면… 혼란에 빠지기 딱 좋은 상황이니까.

서로가 어느 정도 '합리적' 인 의심을 하긴 했지만, 적어도 서로의 영토를 노릴 만한 상황이 아니라는 점에서는 생각을 같이했다.

아니, 그런 생각 자체가 무의미하다는 판단을 했을 것이다.

각국이 비밀리에 개발하던 비공정류에 대한 예비 기동도 시작됐고, 마나석을 이용한 일종의 '마법 총기' 의 등장도 이루어졌다.

이것들은 충분히 드래곤에게 피해를 입히거나, 접근하

여 드래곤을 노리기에 원활한 것들로 쓸모가 있었다.

나는 메디우스를 통해 계속해서 제공되는 각국의 정보들을 살피며, 블랙 드래곤과의 전쟁이 얼마나 승산이 있을지에 대한 가능성을 계산했다.

아울러 내가 어떤 식으로 블랙 드래곤을 상대해야 가장 이상적인 그림이 나올지도 생각했다.

*   *   *

"이번 삶에서는 전혀 다른 인물들과 어울리게 되겠군."

확실히 달라졌다.

과거의 삶에서는 준비 기간이 이번보다 더 충분했고, 그때는 내가 '전략적'으로 성장을 시킨 테노스 용병단의 동료들이 곁에 있었다.

이렇게 먹이면 영약인가 싶을 정도로 내 동료들은 평생을 살아도 눈으로 한 번 보기 힘들다는 영약들을 먹었다.

하지만 이번 삶에서는 너무 많은 일들이 짧은 기간에, 그리고 빠르게 일어났다.

그래서 내 동료들이 성장할 시간이 없었다. 하나 그 반대로 나는 내가 그동안 살아온 삶에서 성장해 온 최대치를 갱신했다.

가장 강한 나로서 마지막 삶을 살고 있는 것이다.

과거의 삶에서는 내 동료들이 마스터급의 실력자들이었지만, 이제는 다른 얼굴과 마주해야 한다. 각국의 마스터급 기사들, 그리고 대마법사들. 그들이 내 동료가 된다.

지금까지 호흡을 맞춰본 적도, 얼굴을 마주하고 가깝게 지내본 적도 드물지만… 마지막 삶에선 가장 호흡을 맞춰야 할 중요한 인물들이었다.

"미끼가 될까, 차라리?"

나는 임시로 마련된 내 개인 집무실에서 원탁 위에 지도를 펼쳐 놓고 살피고 있었다.

철저하게 블랙 드래곤의 관점에서 상황을 보고 있었다.

블랙 드래곤의 목적은 다수의 인간들에게 공포를 불러일으키고, 그 공포를 대가로 인간들을 복속시키며, 블랙 드래곤이 가지고 있는 특유의 호전성과 자신감을 내보이는 일이다.

그래서 인간들의 전쟁처럼 어느 중요 요충지를 전력을 다해 공략하려 하지는 않는다.

전략적 거점이라는 게 크게 존재하지 않기 때문이다.

단, 블랙 드래곤도 신경 쓰는 한 가지가 있다.

바로 소드 마스터와 대마법사.

이들은 블랙 드래곤 자신들의 생존과 직결될 수 있는

강력한 힘을 지닌 인간이기 때문에 최우선 관심 대상으로 둔다.

즉, 다른 것은 대수롭지 않게 생각하더라도 이들의 움직임에 대해서는 추적을 한다는 얘기다.

과거의 나는 게릴라전 방식으로 블랙 드래곤을 괴롭혔다.

왜냐면 내가 가진 힘이 블랙 드래곤을 맞상대하기에는 부족하다 여겼기 때문이다.

하지만 이번 삶은 다르다.

내가 가진 지식, 영약, 그리고 아이거의 조각으로 말미암아 만들어진 마법사로서의 내 몸은 최고의 상태였다.

그래서 생각을 역으로 틀어보았다.

차라리 블랙 드래곤이 사냥할 만한 미끼가 되어본다면?

특히나 라키시스는 내게 개인적인 앙금도 있다.

배신을 한 것은 베르가디안, 그러니까 아이거지만, 이를 배후에서 조종한 게 나라는 사실은 그 짧은 순간의 마주침으로도 충분히 설명이 됐다.

내가 공개적으로 모습을 보이면, 반드시 라키시스는 나를 쫓는다.

곁의 동료 드래곤들은 아닐지라도, 라키시스의 눈은 반드시 나를 볼 것이다.

"그렇다면……."

나는 지도 위에 잉크를 묻힌 볼펜을 이용해 선을 쭉쭉 그었다. 신경 쓰지 않을 것이라고는 해도, 이왕이면 전장은 인적이 드문 곳이면 좋다.

스페디스 제국의 수도 한복판에서 블랙 드래곤을 마주하는 것보다야, 제국 동부의 산맥 지대나 남부의 모르고스 산맥 등지에서 마주하는 게 그림은 더 좋을 것이다.

한편으로는 블랙 드래곤에게 위협이 될 만한 수도 필요했다.

드래곤들의 강점이 인간 마법사들의 상상을 뛰어넘는 장거리 이동 능력이라면, 인간에게도 이를 보완할 수 있는 몇 가지 장치들은 존재한다.

"텔레포트 스크롤."

의식의 흐름은 자연스럽게 새로운 단어를 떠올렸다.

그것은 바로 기동성.

이를 극대화할 수 있는 방법이었다.

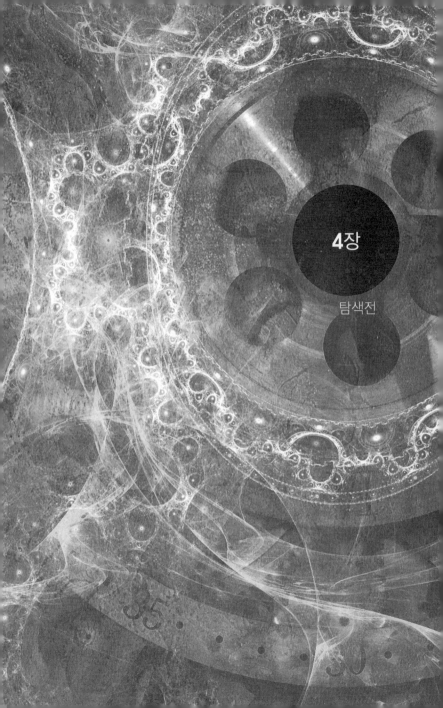

4장

탐색전

텔레포트 스크롤의 필요성에 대해서는 마법사들의 공감대가 빠르게 형성됐다.

텔레포트 '마법'과는 달리, 텔레포트 스크롤은 별도의 캐스팅 시간을 필요로 하지 않고 즉각적으로 이동을 가능케 한다.

그래서 쓰임새가 많았다. 물론 제작 과정이 정밀함을 필요로 하는 것이었기 때문에 단가가 비쌌다.

평소에는 수요도 공급도 모두 많지 않은 텔레포트 스크롤이다. 그래서 항상 가격이 비쌌다. 물론 찾는 사람도 많지는 않았다. 전쟁이 일어난 상황이 아니고서는 거의 쓸 일이 없었기 때문이다.

설령 전쟁이 일어나더라도, 스페디스 제국 같은 대국(大國)의 경우에는 각지에 설치된 군용 텔레포트 마법진을 이용해 얼마든지 전력을 이동시킬 수 있었다.

사실 텔레포트 스크롤의 사용 기회가 많지 않은 것도 이 때문이었다.

국가 간의 전쟁에서 발생하는 전투는 결국 도로와 도로의 접점에서 생기는 것이고, 이 도로는 어느 포인트에서는 반드시 텔레포트 마법진과 연결되기 때문이다.

하지만 상대가 드래곤이라면 이야기가 다르다.

육로는 무의미하다.

육, 해, 공 그 어떤 곳도 드래곤의 이동 경로가 될 수 있다. 드래곤은 잘 닦인 도로를 따라 산과 언덕을 넘는 것이 아니라, 날아서 이동한다.

그것 하나만으로도 공간과 공간의 구분이 무의미해진다.

그래서 텔레포트 스크롤이 필요했다.

드래곤들의 위치가 특정되었을 때, 즉각적으로 이동할 수단이 필요한 것이다.

그렇지 않고 텔레포트 마법진으로 이동했다가는 도착

하기 전에 이미 드래곤들은 다른 곳으로 떠나고 없을 테니까.

장관이었다.

스페디스 제국의 마법부 건물 지하에 마련된 거대한 작업장에서는 제국의 마법사, 마법 공학자, 마나석 세공사들이 철저한 분업을 통해 작업을 진행했다.

마나석 세공사들이 미세 단위로 마나석을 세공하여 스크롤에 박아 넣을 수 있도록 하면, 마법 공학자들이 그것을 스크롤 위의 표시된 위치에 부착했다.

그리고 해당 마나석이 스크롤에서 원활하게 작동할 수 있도록 양옆으로 안정화 문구를 삽입했다.

그리고 나면 마법사들이 이를 넘겨받아 스크롤 위에 수식들을 적고, 마나석의 위치에 알맞게 마나의 통로가 생기도록 내용을 조정했다.

이 과정들이 원래 같았으면 짧게는 며칠에서 길게는 몇 주가 걸릴 작업이었지만.

모든 역량이 총동원된 이 작업에선 하루 만에 스크롤 한 장이 나왔다.

3인 1조로 이루어진 제작만을 위한 팀이기에 가능한 생산량이었다.

이렇게 구축된 '공장식' 스크롤 생산 시스템은 각국에

서 동시에 가동됐다. 국가 간 규모의 차이는 있을지 몰라도, 드래곤들을 상대할 최고의 방법이 텔레포트 스크롤이라는 데에는 이견이 없었기 때문이다.

다만 이 고가의 물품들이 경우에 따라서는 정말 물 흐르듯 쓰일 수 있다는 사실이 보이지 않는 부담의 요소로 작용하기는 했다.

어쨌든 국가의 예산이 대규모로 들어가는 작업이고, 그만큼 다른 곳에 사용할 예산이 빠져나갈 수밖에 없었으니까.

한편 대장장이들의 대장간도 연신 열기를 뿜었다.

큰 전쟁을 앞둔 기사들의 검(劍) 주문이 줄을 이었기 때문이다.

이름 있는 장인들의 대장간은 이미 예약이 밀려, 더 이상 주문을 받을 수 없는 상황이었다.

의뢰와 함께 제공되는 재료들도 상상 이상이었다.

원재료만 해도 천문학적인 가격을 뛰어넘는 오리하르콘 같은 철들이 공급됐다.

물론 그만한 실력과 부, 명예를 가진 기사들이 요청하는 것이니 문제 될 것은 없었다.

단, 세상이 정말 급박하게 돌아가는 구나… 하고 짐작케 할 만한 요소로는 더할 나위 없이 충분했다.

그렇게 사회의 곳곳이 부산하게 돌아가는 만큼, 전쟁에 대한 분위기도 서서히 고조되어가고 있었다.

*　　　*　　　*

"여기는?"

"아닌 것 같다. 블랙 드래곤들은 발칸 영지를 공격한 뒤에 동선을 만들어가며 이동하지 않았어. 바로 장거리 텔레포트를 한 거지."

"그러면 로도레스 산맥 쪽은 아니겠군."

"이쪽에서는 아예 느껴지지 않아."

나와 아이거는 블랙 드래곤의 흔적을 추적하고 있었다.

드래곤의 뒤를 쫓는 마법사 둘.

불가능한 이야기처럼 들리겠지만, 나는 그 불가능을 가능한 것으로 만들 수 있는 사람과 함께 있었다.

이는 나도 예측하지 못했던 새로운 변수였다.

아이거에게는 나에게 없는 특별한 경험 하나가 있었다.

물론 이게 특별한 능력으로까지 이어질 것이라고는 예상하지 못했지만, 아이거는 나와는 달리 블랙 드래곤 라키시스와 잠깐이나마 연결이 되었던 적이 있다.

아이거는 그때의 기억을 되짚어 보는 과정에서 흑마법

과는 전혀 다른, 아주 이질적인 기운에 눈을 떴다고 했다.

그것은 드래곤이 남기고 간, 드래곤 특유의 마나가 가진 흔적을 느끼는 것. 이른바 감지 능력이었다.

쉽게 말하자면 발자국을 볼 수 있는 것이다.

사람이 지나간 자리에는 의도적으로 지우지 않는 한, 반드시 발자국이 남는다. 드래곤도 마찬가지였다.

그들이 머물렀거나 혹은 지나간 자리에는 마나의 흔적이 남는다.

그래서 발칸 영지에는 어딜 가도 그 흔적이 아이거의 눈에 보였다. 하지만 영지를 벗어나자마자 흔적이 사라졌다.

이것은 단숨에 드래곤들이 어디론가 이동했음을 뜻하는 것이다.

나와 아이거가 흔적을 쫓는 이유는 간단했다.

방금 지나간 발자국에 온기가 남듯, 아이거는 드래곤들이 남기고 간 마나의 흔적이 얼마나 가까운 시간에 만들어졌는지를 느낄 수 있었다.

주요 예상 지점을 탐색하다 보면, 발칸 영지보다 더 늦은 시간에 흔적이 남은 장소가 있을 터.

그 장소를 쫓고 쫓다보면 블랙 드래곤의 흔적과 마주칠 수 있을 것이라는 게 내 생각이었다.

동시에 나는 몇 가지 작업을 더 진행했다.

스페디스 제국의 지원을 받아 나는 상당량의 마나석을 챙겨왔다. 아이거 역시 마찬가지였다.

그리고 드래곤들의 이동 루트로 쓸 만해 보이는 지점에 마나석을 박아 넣고, 그 위에 수식을 세공했다.

이른바 간섭 마법진.

마나석이 가진 다량의 마나가 가진 힘을 온전히 마법 구현을 '방해' 하는 용도로만 사용하는 일종의 재밍 같은 셈이었다.

드래곤들의 마법이 정교하다고는 해도, 결국 마법이라는 것은 아주 예민한 기술이다.

특히나 텔레포트는 방해를 받았을 때, 그 결과물이 치명적인 마법 중에 하나이기도 했다.

그래서 많은 마법사들이 텔레포트 쓰기를 꺼린다.

캐스팅 시간이 오래 걸리는 데다, 마나의 흐름이 불안정하면 예상한 장소와 전혀 다른 곳으로 이동될 수도 있기 때문이다.

변수가 자신에게서 발생하는 경우에도 예민하게 결과물이 나오는 이 마법을 의도적으로 방해할 수단을 설치한다?

그렇다면 더더욱 말할 것도 없었다.

적어도 이 마나석을 심어놓은 지점으로부터 반경 50㎞ 안은 순간이동이 '매우 어려운' 지역이 될 것이고, 그 이상에서도 간섭이 일어나 쉽지 않을 것이다.

억지로 이동할 수는 있다.

단, 100%의 정확도로 원하는 위치에 이동할 수 없을 뿐.

그래서 나는 간섭 마법진을 설치하며, 지도를 그리고 있었다.

지도 안에서 붉은색 원으로 표시된 부분은 간섭 마법진이 설치된 자리.

이 위치로부터 드래곤들의 이동이 원활하지 않을 위치를 특정하면 된다.

아직까지 드래곤들은 인지하지 못하고 있는 일종의 몰이사냥과도 같다.

마나석이 풍부하다면 이 작업을 대륙 전역에서 진행하면 되겠지만, 애석하게도 마나석은 고가의 물품이었다.

지금 내가 이렇게 수십 개의 마나석을 가지고 다니는 상황이 당연한 것은 아니라는 것이다.

다만 한 가지 확실한 것은 이 마나석을 사용하게 되는 곳은 주로 산이라는 점이다.

문명의 공간에 떡하니 간섭 마법진을 설치하는 것은 있

을 수 없는 일이니까.

블랙 드래곤을 방해하려다가, 인간 마법사들이 모조리 죽어나갈 수도 있는. 전형적인 '빈대 잡으려다 초가삼간 다 태우는 격'이 될 수도 있기에.

그래서 계속해서 산맥의 능선의 흐름을 따라 이동 중이 었고, 작업은 수월하게 진행 중이었다.

*   *   *

그러던 도중, 예상치 못한 지점에서 블랙 드래곤들의 흔적을 발견했다.

위치는 바로 스페디스 제국과 마도국 자르가드의 중간 지점, 벨란 산맥이었다.

벨란 산맥을 예상하지 못했던 것은 이곳은 문명과 가장 가까운 산맥이기 때문이다.

발칸 영지 인근의 로도레스 산맥 같은 경우는 사람의 손이 닿지 않아 거의 태고의 기운을 간직한 곳이지만, 벨란 산맥은 사람의 '손때'가 많이 묻은 곳이었다.

여기서 블랙 드래곤들은 의도적인지, 혹은 별다른 생각 없는 실험 중 하나였는지를 궁금하게 만드는 흔적을 하나 남기고 갔다. 바로 마수들이었다.

마수들의 생성은 흑마법과 연관이 있다.

자연 속에 사는 일반 동물들에게 백마법을 주입하면, 보통 이것은 그들에게 치유 효과로서 작용한다.

그래서 죽어가던 동물들이 인간 마법사의 도움으로 목숨을 구하게 되는 일이 많았다.

마법사 입장에서 동물에게 마나를 쓰는 일이 흔한 일은 아니지만, 이론적으로 이렇게 치유의 목적으로 마나를 쓰는 것이 가능하다는 이야기다.

하지만 흑마법은 접근 방식만큼이나 결과물도 달라진다.

흑마나는 치유의 효과가 아닌, 변형의 효과로 작용하게 된다.

인간 수준의 지능을 가지고 있지 않은 동물들에게 흑마나는 내재된 폭력성과 본성을 극대화시키는 수단이 되며, 그 결과 주입된 어둠의 힘을 토대로 살인 기계처럼 움직이는 동물이 된다.

그 결과물이 바로 마수인 것이다.

벨란 산맥에서 블랙 드래곤의 흔적을 발견한 우리는 마수와 전투를 치렀다.

언뜻 보기에는 평범한 곰, 사슴, 늑대 따위로 보이는 것들이지만 위력은 엄청났다.

낮은 클래스의 흑마법사도 아니고, 블랙 드래곤에 의해 변질된 마수들이 아니던가?

놈들은 숨이 끊어지기 전까지 몸이 토막이 나고, 찢겨져 나가도 처절하게 달라붙어 괴롭히려 했다.

게다가 광범위하게 마수의 변질이 생겨난 탓에 쉴 새 없이 놈들이 모습을 드러냈다.

9클래스의 마법사 둘이기 때문에 별 탈 없이 상황을 정리할 수 있었지만, 일반 마법사나 병사들이 들어왔다면…

거대한 무덤이 되기에 딱 좋은 장소였음을 어렵지 않게 알 수 있었다.

탐색전이었다.

직접 블랙 드래곤과 맞닥뜨린 것은 아니었지만, 이것으로 하나는 확실해졌다.

블랙 드래곤은 언제 어떤 형태로든 살아 있는 모든 것을 이용할 수 있다는 것.

한편으로는 속도가 붙었다.

이 흔적은 아주 최근에 남긴 블랙 드래곤의 흔적이었다.

그리고 아이거는 그 흔적의 끈이 벨란 산맥의 북쪽에서 남쪽으로 일정하게 연결되어 있다고 했다.

이 산맥에서부터는 텔레포트가 아닌 일반적인 이동 방

법으로 내려간 것이다.

목적지가 어디인지.

그 목적지에서 무엇을 생각하고 있는지는 알 수 없었지만, 이제 블랙 드래곤의 꼬리가 보이는 부분까지 거의 따라와 있다는 사실만큼은 확실했다.

전쟁이 얼마 남지 않은 것이다.

"……."

나와 아이거가 멈춰 선 것은 아이거가 마치 무언가에 놀란 듯, 몸을 순간적으로 낮추면서였다.

드래곤의 힘이 가져다주는 강력한 느낌, 이 느낌은 내게는 전해지지 않는다.

이번 삶에서는 언제부터인가는 정말 변수의 연속이었다.

첫 번째 변수는 크리스티나에서부터 시작이 됐고, 그 이후로 내 성장이 가파른 곡선을 그리게 되면서 시간의 흐름도 급격하게 빨라졌다.

과거에는 50년이 지나 벌어졌던 일이 언젠가 절반이 됐고, 또 절반이 됐고… 이제는 손가락 하나로 햇수를 셀 수 있을 만한 시기에 모든 일이 벌어졌다.

어떤 일들은 예정대로 일어났지만, 어떤 일들은 그렇지

않았다. 시간의 비틀림이라는 것은 그런 것일 것이다.

이번 삶에서 카터는 상단을 운영함에 있어서 단 한 번도 위기에 빠진 일이 없었고, 생각만큼 아이린과 마주친 일도 적었다.

과거에는 의식적으로 계속 아이린을 피해야 했다면, 이번 삶에서는 아이린과의 접점이 적었다.

내가 이른 시기에 9클래스의 대마법사가 되면서, 용병으로서 내 뒤를 따라온 아이린과의 거리는 더 멀어졌다.

예전의 나는 어떻게든 과거의 기억에 경험을 동기화시키려고 했었다.

그래서 예전의 흐름과 다르게 엇나가면 불안함을 느꼈다. 이로 인해 변수가 발생할 것이 자연스럽게 예상이 됐기 때문이다.

하지만 변수를 억제하는 것이 오히려 역효과를 불러일으킨다는 것을 알고, 그 이후로는 흐름에 모든 것을 맡겼다. 그 대신 흐름 속에서 예측 가능한 미래는 대비했다.

그 결과물이 지금이었다.

나는 가장 강력한 모습으로서 미래를 대비하고 있었고, 반대로 드래곤들은 가장 약한 시점에 모습을 드러냈다.

처음이자 마지막이 될 최고의 적기, 이때를 놓치면 내게 다음은 없을 것이다.

"있다."

"어느 정도 거리로 예상이 되지?"

"불과 1시간 전까지만 해도 여기에 있었고, 이건 저속 비행이나 인간의 모습으로 폴리모프해서 도보 이동 중일 가능성이 크다. 저쯤에 있을 것 같다."

아이거가 가리킨 곳은 시야에도 잘 닿지 않는 먼 곳이 아닌 아주 가까운 산 능선 쪽이었다.

그렇다면 드래곤들이 폴리모프한 상태일 가능성이 크다. 인간의 모습은 그들의 능력을 억제하긴 하지만, 동시에 편의성을 가져다주기도 하니까.

드래곤에게 있어 폴리모프는 양날의 검이지만, 보통은 유리하게 쓰이는 경우가 많았다.

폴리모프한 드래곤 자체도 감당하기 힘들기 때문이다.

하지만 상대가 9클래스의 마법사라면 얘기는 달라진다. 해볼 만해진다.

자신보다 조금 더 뛰어난 정도의 수준의 마법사 정도가 되니까.

드래곤이 이런 약점에도 불구하고 폴리모프를 하는 건, 본신의 상태를 유지하고 계속해서 비행하고 이동하며 마나를 쓰는 것이 엄청난 양의 마나 소비를 필요로 하기 때문이다.

드래곤의 마법이 파괴적이고 위력적인 것은 사실이지만, 그렇다고 해서 무한정 난사할 수 있는 것은 아니다.

그렇다면 드래곤들이 굳이 인간들을 상대로 지금처럼 영역을 나눠 살 필요도 없었을 것이다.

왜? 모두 '멸종' 시켜 버리면 되니까.

하지만 드래곤도 결국은 '신'이 아니고, 그래서 한계라는 것이 존재했다.

폴리모프는 그 한계점을 더욱 낮춘다. 그래서 나는 아이거가 이 근처에서 드래곤의 흔적을 발견했다는 사실을 인지했을 때, 묘한 두근거림을 느꼈다.

내 운명을 결정지을지도 모르는 가장 큰 장애물이 눈앞에 있는데 두근거린다니.

이래서 반복된 수천 년의 삶이 감정을 메마르게 하고, 정신을 피폐하게 만드는 것이다.

만약 내가 이번 삶을 성공으로 마무리하고, 원래의 세상으로 돌아갈 수 있도록 '그'가 안배를 해준다면… 나는 모든 기억을 잊은 채로 돌아가고 싶다.

내가 100번의 삶을 반복해서 살았다는 그 사실조차 잊어버리도록.

"수는 얼마나 되는 것으로 예상하지?"

"둘이나 셋. 각자 특유의 기운이 겹치기는 하는데, 그중에 둘인지 하나인지 헷갈리는 게 있다."

"애매하군."

내가 애매하다고 말한 것은 상대가 셋이면 당연히 힘들고, 둘이면 해볼 만하기 때문이다.

메디우스의 지원이 필요한지에 대해서도 고민을 해보는 것이다.

"그건 좋은 방법이 아닌 것 같다."

아이거가 내 생각을 먼저 읽었다. 메디우스를 부른다는 건, 이 근방에서 마나의 급격한 변동이 일어난다는 것을 의미한다. 텔레포트가 이루어지기에.

메디우스를 불러오면 전력은 상승되겠지만, 동시에 드래곤들도 우리의 존재를 인지한다.

서로가 서로에 대해 알고 맞붙게 되는 것이다.

드래곤이 주변의 마나 흐름에 예민한 존재인 것은 사실이지만, 그것은 상대 마법사가 자신의 마나를 컨트롤하지 못할 때의 일이다.

나와 아이거에게는 충분히 컨트롤할 수 있을 만한 능력이 있었고, 그래서 우리 둘의 이동은 문제 될 것이 없었다.

"일단 추적하자. 라키시스가 있다면 더욱 좋다. 그 부상은 하루아침에 쉽게 치료 마법 따위로 회복될 것은 아니니까."

아이거는 대답 대신 고개를 끄덕였다.

만약 교전이 발생하게 된다면, 나는 이유 불문 라키시스를 노릴 생각이었다.

그가 바로 매 삶마다 나와 블랙 드래곤 사이에 악연을 만든 장본인이었으니까.

그 사실 만큼은 언제고 변하지 않았다. 마치 반드시 실행되어야만 하는 프로그램을 가지고 있는 기계처럼, 라키시스는 내가 어느 정도 성장을 이룬 시점에서 반드시 전쟁을 만들어 냈다.

혹은 그 전에 내가 다른 이유로 죽어버리거나.

이번 삶에서는 라키시스가 지난번까지 단 한 번도 경험해본 적 없는 의외의 방법으로 인해 큰 부상을 입었다.

그럼에도 불구하고 라키시스가 이 전쟁을 앞당긴 이유는 하나, 인간들이 하나로 결집되기 시작하면서 블랙 드래곤을 위험한 존재로 인지하기 시작했기 때문이다.

물론 그 과정에는 내가 의도적으로 만들어낸 입김이 크게 작용했다.

나는 라키시스에게 선택을 강요했고, 라키시스는 강요된 선택지를 받아 들었다.

라키시스가 인간들을 공격하자고 블랙 드래곤 일족의 지지자들을 설득하지 않았다면, 라키시스가 일족 내에서 제거되었을 것이다.

라키시스는 블랙 드래곤 내에서 인간들에 대한 호전성을 유지하고 있는 소수의 급진파들의 마지막 불꽃과도 같았다.

그 불꽃만 꺼버리면, 인간과 드래곤은 대립할 일도 이유도 생기지 않는다.

"태어나서 처음으로 드래곤의 추격도 아니고, 드래곤을 '추적' 하게 될 줄이야."

아이거의 표정에는 어이가 없다 못해, 헛웃음이 터져나올 것 같은 오묘한 느낌이 감돈다.

나와 아이거는 서로를 마주본 채 미소를 지었다.

미친놈. 대놓고 말은 안 했지만 서로가 서로에게 그렇게 말하고 있는 것 같다.

아이거와 나는 이번 삶에서 가장 최대의 교감을 이루었고, 최종장에 이르러 같은 길을 걷고 있는 동반자가 됐다.

나 역시도 예상하지 못했던 그림.

그래서 아이거와의 시간들은 매우 특별하게 느껴졌고 새로웠다.

지금 이 순간, 드래곤의 뒤를 나 혼자가 아닌 둘이서 추적하고 있다는 것에는 정말 두근거리는 설렘이 있었다.

"속도를 내자."

"그럴까. 정말 따끈따끈한 드래곤의 온기로군."

아이거가 흐트러진 모래가 보이는 지면을 훑으며 중얼거렸다. 블랙 드래곤은 이제 코앞까지 다가왔다.

＊　　　＊　　　＊

"잡았다."

"인간의 모습을 쏙 빼닮았군. 왜 저러고 있지?"

"드래곤이라고 해서 쉬지 않는 건 아니니까."

나와 아이거가 언덕 아래로 보이는 드래곤, 정확히 말하자면 인간의 모습으로 폴리모프한 그들을 발견한 것은 그로부터 1시간이 지난 후의 일이었다.

헤이스트나 블링크, 텔레포트가 아닌 도보 이동이었기 때문에 바로 거리를 좁힐 수가 없었던 것이다.

흥미로운 점은 드래곤들 역시 마법으로 이동하지 않았다는 것.

그래서 결국 꼬리를 밟는 데 성공했다.

예상했던 것 중에서 가장 최적의 상황. 둘이다.

그리고 그중 하나는 움직임이 불편해 보였는데, 자세히 볼 것도 없이 이 녀석이 라키시스라는 사실을 어렵지 않게 알아차릴 수 있었다.

목적이 무엇일까? 는 중요하지 않다. 왜 여기에 있었는지도.

다만 예상되는 부분은 있다.

이 산맥을 따라 남쪽으로 내려가면 스페디스 제국과 마도국 자르가드의 입장에서는 가장 취약한 남부 지방이 나온다.

뿐만 아니라 엘프들의 거처도 나오고, 아직 완벽하게 궤멸되지 않는 오크들의 잔당이 있을 것으로 예상되는 지점도 있다.

그리고 한가지 더. 트롤이나 오우거, 고블린 등으로 대표되는 몬스터들도 모르고스 산맥을 지나 한참을 남으로 내려가면 등장한다.

나는 가장 믿을 만한 수단으로 라키시스가 엘프들을 제외한 것들로 대표되는 '몬스터 군단' 을 꾸릴 준비를 하고 있을 가능성이 크다고 봤다.

처음에는 본격적으로 블랙 드래곤이 나서는 그림을 생각했지만, 일단 그 예상은 살짝 빗나갔다.

여기서 두 가지 방법을 선택할 수 있다.

원하는 대로 쭉 남하하게 내버려두거나, 혹은 방해하거나.

전자는 지금은 편하지만, 나중에는 필연적으로 불편해

질 일이다.

그때 상대하는 라키시스는 지금보다는 더 회복되어 있을 것이고, 더 많은 계획이 정리되어 있을 것이다.

그럼 어렵지 않게 결론이 나온다.

"탐색전이다. 준비됐나?"

"탐색전이 아니라 이승과의 고별전이 될 수도 있어."

"언제 그런 거 생각했으면, 애초에 이런 일을 만들지도 않았지."

나는 아이거의 걱정 아닌 걱정을 가볍게 무시했다.

아이거도 정말 두려워서 내뱉은 말은 아니었는지, 바로 체내의 마나를 빠르게 끌어올리기 위한 호흡에 들어갔다.

폴리모프한 드래곤만큼 가장 해볼 만한 상황은 없다.

아이거의 생각도 비슷했을 것이다.

"간다."

내가 먼저 앞장을 서고, 바로 뒤로 아이거가 붙었다.

그리고 우리는 비탈길을 따라 언덕 아래를 향해 질주하기 시작했다.

*　　　*　　　*

화르르르륵!

내려가는 동선에서 나는 바로 매직 미사일을 캐스팅했다.

가장 기본적인 마법이지만, 가장 위력적인 마법.

이 마법에는 드래곤들도 디스펠을 쓰기를 꺼린다.

1클래스 마법을 저지하겠답시고 9클래스의 마법 기술을 쓰면 균형이 맞지 않기 때문이다.

"……!"

급강하를 위해 속력을 더 높이는 그 순간, 라키시스와 나의 눈이 마주쳤다.

아이거는 자연스럽게 라키시스의 옆에 있는 다른 드래곤에게로 붙었다.

알로스, 이름은 기억하고 있다.

라키시스의 동료라기보다 하수인, 추종자에 가까운 블랙 드래곤.

둘은 항상 붙어 다니는데, 이번 삶이라고 다르지 않았다.

"시간만 끌어."

"그게 가장 힘들다. 하아앗!"

내 '무리한' 부탁을 뒤로한 채, 아이거가 왼쪽으로 빠져나갔다.

나는 자연스럽게 내 쪽으로 향하고 있는 라키시스를 응

시했다.

놈은 나를 알고 있다. 나 역시 놈을 안다.

탐색전, 이건 어디까지나 탐색전이었다.

여기서 승부를 볼 수는 없다.

하지만 한 가지 확신은 있었다.

미래를 가늠할 수는 있다.

지금의 내가 라키시스를 상대할 정도도 못 된다면 미래
는 없다. 하지만 상대할 만한 능력이 충분하다면 얘기는
달라진다.

탐색전.

이번 전투는 단순히 서로의 능력을 측정하기 위한 것뿐
만이 아니라, 내 미래의 가능성을 탐색해 볼 수 있는 다른
의미의 전투이기도 했다.

크와아아아아아!

라키시스의 포효가 귓전을 때리고.

"시작이다!"

나는 망설임 없이 캐스팅한 매직 미사일을 전개했다.

슈아아아아아.

순식간에 수십 개의 매직 미사일이 손끝을 빠져나와 연
속해서 라키시스에게 날아들었다.

그리고.

라키시스의 두 눈에서도 검붉은빛이 피어오르기 시작
했다.

　드디어 느껴지는 놈의 살기였다.

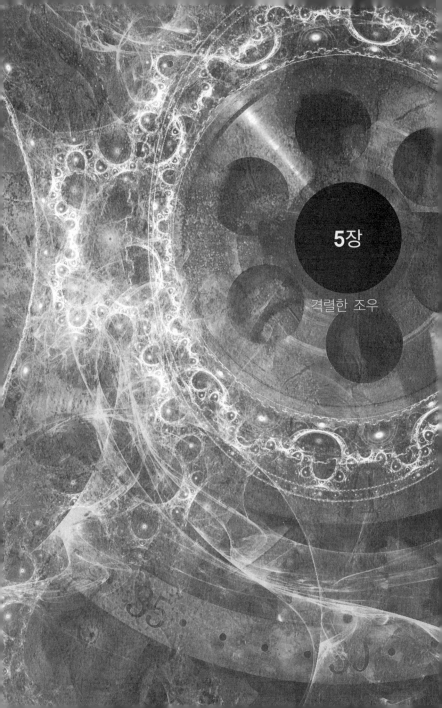

5장

격렬한 조우

드래곤을 보고 수세가 아닌 공세로서 오히려 적극적인 포지션을 가져간 것은 지금까지의 삶에서 이번이 처음이었다.

지금의 나는 충분히 라키시스를 노릴 법한 상황이었으니까.

쿠우우우웅.

먼저 폭음이 들려온 것은 아이거와 알로스가 맞붙은 곳이었다.

이미 좌측 상공에서는 계속해서 거대한 불길이 치솟고

있었는데, 백중세였다.

흑마법의 강점은 백마법과 같은 유틸리티적인 부분은 떨어지지만, 공격 마법으로서는 확실히 그 위력을 가지고 있다는 점이다.

작정하고 공세를 퍼붓기로 마음먹으면 백마법보다 더 까다로운 것이 흑마법이었다.

아이거는 전장에서 뼈가 굵었던 과거의 행적답게 한 수, 두 수를 내다보며 전투를 풀어갔다.

알로스는 처음에는 결국 '인간'에 불과한 아이거를 얕보았는지 지나치게 적극적으로 전투에 임하다가 약간의 부상을 입기도 했다.

"라이트닝 스트라이크."

"블링크!"

내가 전개한 매직 미사일 공격을 어렵지 않게 막아낸 라키시스가 라이트닝 스트라이크로 응수했다.

라키시스는 알지 못하겠지만, 나는 과거의 삶에서 라키시스와 몇 번이고 마주쳤던 기억이 있다.

아주 사소한 습관적인 행동들을 기억하고 있는데, 라키시스의 마법 캐스팅 및 시전 직전의 동작들이었다.

때문에 라키시스의 라이트닝 스트라이크가 발현되는 시점에 맞춰, 거의 동시에 블링크로 그의 뒤로 이동할 수 있었다.

시전이 된 것을 확인하고 블링크를 시전하는 건 늦지만, 동시에 시전하면 소위 말하는 '헛방'이 나오게 된다.

빠지지지직!

덕분에 라키시스의 마법 공격이 허무하게 허공을 갈랐다.

오히려 나에게 뒤를 잡혔다.

"헬 파이어."

타오르는 지옥의 불길.

일순간 다량의 마나가 빠져나갔지만 감당할 수 있는 수준이었다.

나는 위기를 기회로 바꾼 이 상황을 놓치지 않았다.

바로 그때.

샤아아아아—

아이거 쪽에서 날아온 한 줄기의 마법 공격이 라키시스를 매섭게 노렸다.

헬 파이어를 시전하려는 나의 움직임을 파악하고 다음 동작을 이어나가려던 라키시스가 예상치 못한 아이거의 공격에 황급히 쉴드를 펼쳤다.

쿠우우웅!

막혀 버린 아이거의 공격.

하지만 라키시스는 우선순위에서 내가 아닌 아이거의 마법을 방어 대상으로 선택했고, 그 찰나의 당황이 아주 큰 빈틈을 만들었다.

"하아아아압!"

일갈과 함께 손끝을 떠난 거대한 불길이 라키시스를 향해 날아들었다.

순식간에 이 전장 전역을 거대한 불길로 휘감을 수도 있는 위력적인 불길이 날아들자, 라키시스가 더 거대한 실드를 만들어내려 했다.

쿠우우웅!

큰 충격파가 라키시스를 감싸고, 끝내 2% 부족하게 공격을 막아낸 라키시스가 한줄기 피를 토해냈다.

드래곤의 입가에서 흘러나오는 피.

직접 이렇게 코앞에서 보는 것은 처음이다.

'확실히 움직임이 신속하지 못해.'

드래곤을 상대로 내가 이런 평가를 하게 될 날이 오리라고는 생각도 하지 못했다.

그만큼 지금의 라키시스는 좋지 못한 상태였다. 게다가 인간의 모습으로 폴리모프까지 했으니, 지금이라면 내가 닿을 수 있는 거리였다.

'여기서 끝낼 수 있을지도 모른다.'

문득 그런 생각이 들었다.

헛된 희망이나 상상이 아닌 전투를 치르는 마법사로서,
수천 년을 전쟁으로 점철된 삶을 살아왔던 내가 본능적으
로 느낀 생각이었다.

아이거가 조금만 더 버텨준다면, 내 눈앞에 있는 이 블
랙 드래곤을 '처치' 할 수 있을지도 모르겠다는 생각이 든
것이다.

물론 라키시스의 죽음이 블랙 드래곤과의 전쟁의 끝을
의미하지는 않는다.

하지만 상징이 될 수는 있다. 더 나아가 드래곤들에 대
한 경고도 될 수 있을 터.

'그렇다면.'

아주 짧은, 찰나의 시간에 나는 생각을 정리했다.

지금의 전투는 어느 한편으로는 내 안전을 생각하는, 즉
다시 말해서 내 스스로에 대한 안위를 어느 정도 고려한
전투였다.

무리했다가 역으로 당하면 안 됐으니까.

하지만 이제는 생각이 바뀌었다.

좀 더 적극적인 공세, 뼈를 주고 살을 취하는 작전으로
나아가는 것.

그것이 지금의 전황에서 라키시스를 가장 괴롭힐 수 있

는 최선의 방법이라 생각했다.

화아악, 화아악.

마법사로서 가장 신속한, 접근전을 위한 무기. 나는 마나 건틀릿을 양손에 형성시켰다.

마법사들은 자신들이 원거리 공격을 펼쳐야만 한다는 고정관념에 사로잡혀, 대다수가 항상 '거리를 잡고' 석을 타격하려 한다.

좀 더 과격한 표현을 빌리자면, 자신의 마법 구체가 날아가는 모습을 보면서 뿌듯함을 느낀다.

하지만 마법사는 꼭 원거리 전투만 수행하는 것이 아니었다. 그 대표적인 수단이 마나 건틀릿이다.

마나의 정수를 마법이 아닌 두 개로 나뉜 마나의 거대한 장갑으로서 양팔에 위치시킨다.

이는 마법처럼 시전이 되지는 않지만, 마나가 가진 고유의 힘을 머금은 채 상대에게 닿을 때마다 운동량으로 변화된 충격파를 주게 된다.

1클래스의 마법사가 만든 마나 건틀릿이라면 아무리 적을 타격해도 큰 충격이 되지 않겠지만, 시전자가 9클래스라면 이야기는 달라진다.

쉽게 비유를 하자면 1클래스의 마법사의 마나 건틀릿이 작은 돌멩이라면, 9클래스의 마법사가 만든 마나 건틀릿은 집채만 한 바위다.

마법사의 입장에서 근접전에 대한 부담감, 그리고 창과 검 같은 근접 전용 무기에 대한 공포가 있어 마법사들이 사용하지 않을 뿐, 지금 이 상황에서 내게 마나 건틀릿만큼 쓰임새가 있는 도구도 없었다.

라키시스가 그만큼 가장 노려볼 만했고, 무엇보다 마나 건틀릿은 디스펠 마법이 통하지 않았다.

계속해서 유지되는 일종의 마나 응집 형태이기 때문이다.

디스펠은 마법은 무효화시키지만, 마나를 무효화시키지는 않는다.

그것이 핵심이었고, 나는 드래곤이 인간 마법사들을 상대로 즐겨 쓰는 디스펠 마법을 무력화할 좋은 수단을 잡았다.

"인간, 너는 왜 내게?"

라키시스의 싸늘한 목소리가 들려온다. 하지만 아주 미세하게나마 그 끝이 떨리고 있다.

나는 평소 무시하던 인간이지만, 방금 전의 교전에서 큰 두려움을 느꼈을 터.

"시작은 네가 했지."

나는 짤막하게 답했다.

사실 위선적인 이유일지도 모른다.

나는 반드시 언젠가 블랙 드래곤이 나타날 사실을 알고 있었으며, 더 나아가 만약 평화로운 일상이 계속되었다면 언젠가는 반드시 블랙 드래곤을 전장으로 이끌어냈을 것이다.

반드시 그렇게 해야만 '그'가 원하는 대로 중간계에서 최고의 자리를 노릴 수 있었으니까.

드래곤을 꺾지 않고 이 중간계에서 최고의 자리를 운운할 수는 없기에.

하지만 그것은 어디까지나 내 뒤에 숨겨진, 나만 아는 이면일 뿐이다.

지금 라키시스에게 해줄 수 있는 말은 시작은 네가 했다는 말뿐.

"넌 블랙 드래곤을 적으로 돌렸다."

"아니, 블랙 드래곤 중에서 삐뚤어진 생각으로 인간들을 하찮게 본 너 같은 드래곤을 적으로 돌렸을 뿐이다. 네가 시작한 일이라면, 그 책임과 끝도 네가 감수해야겠지!"

대화는 이 정도면 충분하다.

더 하고 싶은 말도, 나누고 싶은 교감도 없었다.

처음부터 끝까지, 이유를 불문하고 라키시스는 적이다. 라키시스가 사라져야 호전적인 블랙 드래곤들의 구심점이 사라지게 되고, 좀 더 수월하게 다음을 대비할 수 있다.

"간다!"

"크와아아아아!"

사방이 온통 녹음으로 얼룩진 산속 한가운데에서 나와 라키시스가 맞붙었다.

접근전에 특화된 마나 건틀릿은 상대로도 하여금 접근전을 강제하게 만든다.

완벽한 공세, 그만큼의 빈틈이 생기게 되지만 고려하고 있는 부분이다.

퍼어어억!

선공은 내가 가져갔다.

드래곤이라고 해도 결국 브레스나 마법을 이용한 원거리 공격에 익숙한 것이 그들이다.

하지만 내게는 마나 건틀릿을 사용하는 전투형 마법사로서도 살아왔던 과거의 기억들이 있었다.

좀 더 많은 경험, 좀 더 많은 시도, 좀 더 많은 실패.

내가 살아온 100번의 삶이 값진 이유는 이것이다.

남들이 누릴 수 없는 99번의 삶을 누렸다면, 적어도 그 가치를 증명해낼 수 있는 기회 한 번쯤은 있어야 하는 것이다!

"크으으윽!"

포물선을 그리며 날아가는 라키시스를 향해, 나는 바로 이어 붙었다.

여기서 한가로이 날아가는 모습을 음미할 시간은 없다. 드래곤은 어설프게 만들어진 허명이 아니다.

그들에게 잠깐의 시간은 미래를 바꾸어버릴 큰 기회를 제공한다.

화아아악.

나는 가용 가능한 최대치로 마나 건틀릿의 힘을 끌어올린 뒤, 양쪽에 분배했다.

"크헉!"

그러는 사이 아이거 쪽에서는 아이거의 비명이 들려온다.

알로스의 공격에 이번에는 아이거가 당했다.

아이거가 열세로 바뀌게 되면, 포커싱은 바로 나에게 이어질 터. 시간도 내 편은 아니다.

치이이이익.

지면에 흙바람을 일으키며 날아간 라키시스의 몸 바로 위로 올라타고.

퍼억! 퍼억! 퍼억! 퍼억! 퍼억!

나는 쉴 새 없이 마나 건틀릿을 그대로 라키시스의 인간형 얼굴 위로 내리쳤다.

단순한 주먹이 아닌 마나의 힘이 담긴 거대한 철퇴와도 같은 공격.

한 번의 공격이 이어질 때마다 얼굴이 일그러지며 사방으로 피가 튀었다.

시이잉!

그사이, 들썩이던 라키시스의 오른손 끝에 한 줄기 불길이 생겨난다.

그 와중에도 라키시스는 나의 빈틈을 노리려 했지만, 아쉽게도 그 역시 내가 인지하고 있던 범위 안이다.

화아아악!

내가 라키시스로부터 쏜살같이 터져 나온 불길을 회피하자, 허망하게 불길이 하늘로 치솟았다.

그 대가는 참혹했다.

그나마 쉴드조차 펼치지 않고 마법으로 응수한 라키시스는 더 강력해진 내 공격을 온몸으로 받아내야 했고, 순식간에 얼굴은 피로 얼룩진 살점의 향연으로 변해 버렸다.

푸욱!

"크윽."

하지만 내가 전혀 예상치 못했던 변수가 발생했다.

라키시스가 왼쪽 손가락만 폴리모프를 해제한 것이다.

전투 상황에서 폴리모프를 해제하게 되면 드래곤 스스로에게도 큰 내상이 된다.

억지로 원상복귀를 준비 과정 없이 시키기 때문인데, 비유를 하자면 준비운동 없이 수영장 물속에 뛰어드는 것과 같다.

"쿨럭!"

라키시스가 입가를 통해 피를 토해냈다.

부작용이다.

하지만 내 옆구리에도 흉물스런 드래곤의 손가락, 그 손톱의 한마디가 박혀 있었다.

꾸우우욱!

"크으으윽!"

역시 라키시스는 독종이었다.

완전한 열세에 처해 있는 와중에서도 돌파구를 마련하기 위해 자신의 피해를 감수했고, 보기 좋게 상처를 입혔다.

한 마디의 손가락이 더 들어오고 나자, 이때부터는 나도 괜찮다고 하기는 힘들 정도의 고통이 밀려오기 시작했다.

여기서 좀 더 깊숙한 접근을 허용하면, 인간으로서는 나약하기 그지없는 신체 내부의 장기들에 손상이 갈 수도 있다.

지금 이 상황은 라키시스가 열세 속에서 만들어낸 처음이자 마지막 기회, 그리고 나에게는 100번째 삶의 끝으로도 이어질 수 있는 변곡점이었다.

＊　　　＊　　　＊

"하아아아아앗……!"

퍼억. 퍼어억. 퍼억.

옆구리에 손가락이 파고든 와중에도 나는 오히려 더 힘을 내어 라키시스를 내려쳤다.

여기서 애써 손가락을 붙잡고 빼내려고 하면 할수록 시간, 동선 낭비였다.

라키시스는 이미 작정한 듯, 내 옆구리 속으로 밀어 넣은 손가락을 굽혀 버렸다.

이렇게 되면 갈고리에 끼인 것처럼 잡아당길수록 더 큰 상처가 나기 때문에 나는 되레 무주공산이 된 라키시스의 얼굴을 노렸다.

인간과 드래곤.

쉽게 조우하기 힘든 두 생명체가 육탄전을 벌이고 있다.

나는 이 심각한 상황에서 아이러니하게도 심장 깊은 곳

의 무언가가 끓어오르는 듯한 감정을 느꼈다.

흥분이라는 표현이면 적당할 것이다.

퍼석! 파삭!

마나 건틀릿의 맹공이 수직으로 내려 꽂히기를 몇 차례.

곱디고왔던 라키시스의 인간형 얼굴에서 너저분한 살점과 피가 흘러내리기 시작했다.

언제부터인가 나는 무아지경에 빠진 것처럼 매섭게 라키시스를 몰아붙였던 것 같다.

옆구리의 상처를 비집고 피가 철철 흘러내리고, 내 눈앞에서 라키시스의 피가 계속해서 솟구쳤지만, 그런 것에는 아랑곳하지 않고 묵묵히 공격, 공격, 또 공격.

시간의 흐름마저 자연스럽게 잊힌 채, 마치 아무 소리도 들리지 않는 곳에 있는 것처럼 외로운 느낌으로 라키시스를 내려쳤다.

"레논!"

내가 정신을 차리게 만든 것은 아이거였다.

그리고 아이거의 말에 시간의 흐름을 인지하기 시작했을 때, 나는 온몸이 온통 피칠갑이 되어 있었다.

"크으으윽."

옆구리의 상처가 더욱 깊어졌다. 고통을 느끼는 순간

정신이 아찔해질 정도의 상처가 옆구리에 있었다.

"……."

그리고 내 두 다리 밑으로는 쉴 새 없이 타격을 당한 라키시스, 아니 라키시스의 얼굴로 보였던 핏덩이들이 보였다.

부르르 떨리고 있는 몸에서는 참을 수 없는 고통이 묻어났다.

처음이자 마지막 기회.

깊은 상처를 입었지만, 견딜 만은 했다.

지금 놓치면 다시는 돌아오지 않을 것 같은 기회.

나는 라키시스의 왼쪽 가슴을 노려보았다.

그리고 빠르게 화염의 속성으로 전환시켜 뜨겁게 달아오른 오른손을 그대로 가슴팍에 밀어 넣었다.

푸우우욱.

콰아아아아아아.

라키시스의 비명이 터져 나왔다.

그와 동시에 폴리모프가 해제되며, 라키시스의 몸이 빠르게 본신으로 거대화되기 시작했다.

마지막 발악.

죽어가는 와중에서도 라키시스는 어떻게든 이 상황을 돌파하려 하고 있었다.

하지만 100번의 삶을 반복하며 늘 한 번의 기회를 노려왔던 내가 놓칠 리는 없다.

꾸욱!

움켜쥔 손끝을 타고 아주 뜨거운 기운이 느껴진다.

드래곤 하트(Dregon Heart). 드래곤이 가진 마법의 정수이자, 생명의 근원.

"크으윽."

마나 건틀릿으로 충분한 보호 장치를 했음에도 불구하고, 손 전체가 뜨겁게 불타오를 것처럼 고통스러워지기 시작했다.

드래곤 하트의 힘이란 그래서 무서운 것이다.

"하아아아아아앗!"

나는 일갈하며 오른손을 있는 힘껏 움켜쥐었다.

죽어, 죽어버려! 이제는 죽어버려라!

그렇게 외쳤는지도 모른다.

나는 악바리처럼 라키시스의 심장을 터뜨릴 것같이 움켜쥔 채, 이를 악물었다.

크와아. 콰아. 콰아아아.

인간의 모습을 빠르게 잃고 본신으로 돌아가는 라키시스.

하지만 애석하게도 라키시스는 자신의 원래 모습을 다

시 볼 수 없었다.

쾅득!

손 안에서 부서져 버린 드래곤 하트가 라키시스의 목숨줄을 끊어버렸으니까.

"……."

일순간 전장에 적막이 감돌았다.

두 눈의 생기가 빠르게 꺼져가는 라키시스를 바라보는 나도, 그리고 이쪽으로 시선을 돌렸던 아이거와 알로스에게도.

넷이었던 전장이 셋으로 변했다는 사실은 그 어느 누구도 생각하지 못했다.

"이럴 수가……."

적막을 깨고 먼저 말을 내뱉은 것은 알로스였다.

알로스의 두 눈빛이 크게 흔들렸다.

동료이자 동족의 죽음.

드래곤이 수명이 다해서가 아니라, 인간에 의해 죽을 수도 있다는 것을 얼마나 예상하고 있었을까.

아니, 태어나서 인간에게 죽은 드래곤을 본 적이 있기는 할까?

알로스의 표정에는 혼란이 가득했다.

지금 이 사실을 믿고 싶지 않아함과 동시에 이 대 이의 상황에서 일 대 이의 열세로 바뀌어 버린 현실을 인지한 듯, 나와 아이거를 번갈아 응시했다.

부상을 입기는 했지만, 마법을 시전하는 데에는 문제가 없다.

나는 내심 알로스가 무리해서 달려들기를 바랐지만, 역시 바람일 뿐이었다.

파아앗— 파앗—

알로스의 판단은 빨랐다.

아이거가 내 쪽으로 좀 더 가까이 다가서고, 내가 몸을 어떻게든 일으키기 위해 힘을 쓰는 사이.

미련 없이 라키시스의 본신을 버려두고, 전장을 이탈했다.

그로서는 당연한 선택이었을 것이다.

남아서 열세 속의 전투를 치르느니, 다음 안배를 생각하면 되는 것이었을 것이기에.

"후우."

멀어져가는 알로스의 뒷모습을 보며, 나는 쭉 빠지는 몸의 기운을 통제하지 못하고 그대로 자리에 드러누워 버렸다.

몸 전체가 무겁게 가라앉고 있었다.

이미 숨이 끊어진 라키시스의 손은 여전히 내 옆구리

안에 박혀 있었다.

라키시스와의 악연은 끊었다.

내 손으로 라키시스의 목숨을 거뒀다.

하지만… 이것은 이제 시작일 뿐이다.

아직 라키시스와 뜻을 함께하는 블랙 드래곤은 남아 있고, 이제 동료가 죽었으니 그들은 더욱 복수의 칼날을 갈게 될 것이다.

하지만 이것으로 그동안 대등한지, 그렇지 않은지 알 수 없었던 블랙 드래곤들에 대한 반격의 장이 열렸다.

드래곤의 죽음.

그것 하나만으로도 충분히 상징적인 메시지를 줄 수 있었기에.

"하아아아······."

긴 한숨을 내쉬며, 나는 시원하게 부는 바람에 몸을 맡겼다.

잠시 쉬고 싶었다.

아무것도 생각하지 않은 채로.

*   *   *

라키시스의 죽음은 대륙 전체에 대대적으로 알려졌다.

단, 과거와는 달리 라키시스의 시신은 훼손되지 않고 현장에 완전무결하게 보존됐다.

이유는 간단했다. 드래곤 '전체'를 자극하지 않고 싶어 했기 때문이다.

내가 치료를 받고 있는 동안, 메디우스는 내가 생각하고 있었던 안배 그대로를 진행했다.

가장 먼저 시작한 것은 지금 벌어지고 있는 드래곤과의 대립이 드래곤 전체가 아니라, 일부 호전적인 블랙 드래곤들에 의해 발생한 어쩔 수 없는 충돌임을 강조하는 것이었다.

메디우스는 드래곤의 고결성, 그리고 함부로 할 수 없는 그들의 권위를 인정하는 한편, 라키시스와 함께한 블랙 드래곤 무리에 대해서는 철저하게 비난했다.

이는 일반 백성들은 물론이고 병사, 마법사, 기사 할 것 없이 모두의 의견을 하나로 뭉쳐 결속시키는 역할을 했다.

반대로 불필요하게 드래곤 전체를 자극하는 일도 없어졌다.

오히려 드래곤에게 역으로 선택을 강요할 수 있는 가능성도 생겼다.

원래 드래곤들은 인간을 적대시하지 않으며, 굳이 인간

들의 세계에 개입할 필요성을 느끼지 못하는 고결한 존재다.

설마 그들이 블랙 드래곤의 호전적인 전쟁광들의 의견에 동조해, 인간들을 억압하겠는가?

이것이 메디우스의 메시지가 담고 있는 의미였다.

드래곤에게 선택을 하라는 무언의 압박을 넣은 것이다.

전쟁에 동조하는 전쟁광이 되거나, 아니면 늘 그랬듯이 고결하고 우아한 존재가 되든가.

이것은 사실 정말 최악의 상황에는 드래곤 전체를 적으로 두게 될 수도 있는 도박수였지만, 결과적으로는 성공했다.

일부 드래곤들이 인간과 가까운 접경지대의 레어를 보란 듯이 비워주고 물러나기 시작한 것이다.

드래곤에게서 직접적으로 보인 적극적인 제스처.

집중 회복 기간을 거쳐 어느 정도 상처를 치료하고 일어난 나는 지금 이 상황에서 안주하지 않고, 다음 계획을 제안했다.

*   *   *

"블랙 드래곤과 담판을 지어야 합니다. 이미 분위기는

충분히 조성이 됐고, 여기서 아예 블랙 드래곤 일족이 선을 긋게 만들면 역으로 그들이 고립됩니다."

"이 정도 메시지로는 약하다?"

"스승님께서 드래곤들의 속내를 떠보시지 않았습니까? 그리고 드래곤이 응답을 했습니다. 가장 적극적으로 레어를 포기하고 거점 일부를 포기한 것이 블랙 드래곤입니다. 여기서 우리가 제스처를 취하지 않으면, 인간들에게 한 수 접고 들어갔다는 생각을 누군가가 하게 될지도 모릅니다."

"괜한 자존심을 자극하게 될 수 있으니, 보여준 메시지에 더 적극적인 답과 낮은 자세를 겸하라?"

"드래곤은 예전이나 지금이나, 인간들의 위에 군림하는 존재입니다. 지금이라고 해서 다를 것은 없습니다."

라키시스의 죽음이 확실히 사람들에게 자신감을 불러일으킨 것은 사실이었다.

일부 급진적인 세력들은 이참에 드래곤들을 상대할 수 있는 정예 슬레이어 부대를 양성하자는 통 큰 제안을 하기도 했다.

하지만 그건 모르고 하는 이야기다.

드래곤이 인간들을 상대로 전쟁을 일으키지 않는 이유는 단 하나.

그럴 필요성을 느끼지 못하기 때문이다.

하지만 인간들이 자신들의 위상을 인지하지 못하고 함부로 드래곤의 위엄에 도전하려 들 때는 철저하게 짓밟는다. 그들은 자존심이 강한 존재이기 때문이다.

그래서 나는 그런 드래곤들의 성향에 장단을 맞춰준 연극을 제안하고 있었다.

드래곤을 정말 진심으로 섬기는지, 두려워하는지는 중요하지 않다.

그들이 전쟁에 나서지 않도록, 인간들을 굳이 '눌러놓을' 필요성을 느끼지 못하도록 명분을 주면 되는 것이다.

너도 알고 나도 아는, 모두가 뻔히 아는 명분이어도 실재하면 좋은 핑계가 된다.

나는 그런 '핑계'를 만들어줄 것을 메디우스에게 이야기하고 있었다.

"짜고 치는 포커를 하자, 이건가?"

"그런 셈입니다."

이 세계에는 고스톱이 없다.

그러다 보니 카드 게임에 대한 이야기가 나온 것은 당연한 일.

한데 괜스레 그 한마디에서 이질감이 드는 것은 왜일까.

"블랙 드래곤들에게 파견할 사절단이 필요하다는 이야기인데⋯⋯."

메디우스의 표정이 굳었다.

자르가드로 갔었던 사절단이야 그렇다고 쳐도, 이번에 사절단을 보낸다면 그것은 드래곤들의 소굴로 인간들이 들어가는 형국이 된다.

수틀리면 드래곤들에게 몰살당할 수도 있는 자리에 과연 자원해서 갈 사람이 얼마나 될지 고민하는 것이다.

하지만 메디우스의 고민은 필요 없는 고민이다. 애초에 그럴 생각이 없었으니까.

"제가 갈 겁니다."

"혼자 가겠다고?"

"못 갈 것도 없지 않습니까? 라키시스를 죽인 장본인이 전데요. 적어도 드래곤에게 저는 드래곤 슬레이어가 맞지요."

내 말은 진심이었다.

블랙 드래곤과의 갈등.

그 갈등의 첫 번째 변곡점이 라키시스의 죽음으로 만들어졌다. 이제 두 번째 변곡점이 필요해졌다.

이 대립 구도에서 알로스를 비롯한 호전적 블랙 드래곤들을 제외한 모든 드래곤을 이 구도에서 제외하는 것.

블랙 드래곤이 물러서면, 다른 드래곤 일족들은 생각할 필요도 없다.

그들은 드래곤 내에서도 철저하게 차별화된 삶을 사는 존재들이니까.

블랙 드래곤들의 일에 관여할 가능성은 적다.

그래서 한 번 더 승부수를 던지기로 한 것이다.

이 승부수가 먹히면.

이제 나는 최종전으로 향하기 위한 모든 힘과 열정을 한곳에 쏟아부을 생각이었다. 뒤를 돌아볼 필요도 없이.

6장

블랙 드래곤과의 대화

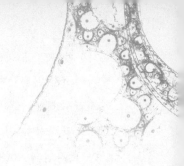

"이 정도면 거의 소울 메이트 수준이군."

남쪽에서도 한참을 더 남쪽으로 향하는 길.

블랙 드래곤의 영역으로 가는 길 위에는 나 혼자만 있는 것이 아니었다. 아이거가 옆에 있었다.

지금 내 옆에 있는 것이 아이거라고 생각하면 문제 될 것이 없는 광경이지만, 베르가디안이라면 얘기가 달라진다.

아이거는 어디까지나 베르가디안의 몸을 하고 있어서 지금 우리 둘의 모습은 이질적이었다.

아이거가 일찌감치 공언을 해버렸다.

자신도 레논과 함께 라키시스와의 전투에 임했으며, 라키시스의 죽음에 어느 정도 일조했음을.

아마 자신의 공을 알리기 위해서는 아니었을 것이다. 혹시라도 생길지 모르는 변수를 대비하기 위해, 사실 그대로를 알린 것이다.

드래곤들의 입장에서도 라키시스와 알로스가 나 혼자에게 당했다고 하면 얘기가 이상해진다.

설령 그것이 자신들과 상관 없는 드래곤들의 이야기라 할지라도, 기분 나쁘게 받아들일 요소가 있는 것이다.

그렇게 공언을 하고, 거의 일방적인 통보를 하다시피 마도국 자르가드를 나와 사절단으로 이동하는 내게 합류했다.

"하나보다야 둘이 낫지."

"지금 우리는 절대 어울릴 수 없을 흑마법사와 백마법사로서 만나고 있는 거다. 쉽게 말하자면 사람들은 어울릴 수 없는 물과 기름이 같이 움직인다고 생각하고 있단 얘기지."

"언제는 주변의 시선을 신경 썼던가, 레논?"

"나는 아니지만, 너는 다르지. 베르가디안은 마도국 자르가드가 주시하고 있는 주요 인물 중 하나니까."

"지금 눈앞의 적이 될지도 모르는 드래곤을 두고, 과거에 마도국이 어쨌네 신성 제국 연합이 어쨌네 하는 게 더 우스운 얘기다."

"이젠 제법 아이거가 아닌 정말 한 나라의 대마법사답군."

"썩 재미있는 삶은 아니야. 사실 이런저런 이유를 핑계 삼아 일상에서 탈출한 거지. 두껍게 쌓인 서류보다는 이렇게 자연 속을 거니는 게 많은 해방감을 주니까."

아이거가 한껏 기지개를 켰다.

모르고스 산맥이 등 뒤, 저 멀리 지평선 쪽으로 보인다.

이미 과거에 오크들의 터전이었던 곳도 지났고, 이제는 인류 문명보다는 자연과 태초의 모습에 가까운 공간들이 드러나고 있었다.

엄밀히 말하자면 지금 이 시점부터는 암묵적으로 드래곤의 영역으로 규정이 된다.

인적이 거의 닿지 않은 곳이고, 그 어떤 종족의 영역에도 들어가 있지 않기 때문이다.

그래서 폭넓게 드래곤의 영역으로 보는데, 그 때문인지 이쪽은 호기심에 한 번쯤은 와봤을 법도 한 탐험가나 모험가의 흔적도 찾아보기 힘들었다.

"이번 여정에서 죽을 수도 있다는 생각은 안 해봤나? 과거에는 이런 경험이 없었던 것으로 기억하는데."

"언제든 죽을 가능성은 항상 존재하지. 다만 가장 합리적인 판단을 그때 알맞게 할 뿐. 내가 통제할 수 없는 변수로 인해 찾아오는 불운은 받아들일 수밖에."

"마지막 삶을 사는 사람의 말이라고 하기에는 너무 무덤덤한데. 그래도 좀 긴장되는 맛은 있어야 하지 않나?"

"무덤덤하지 않다고 해서, 상황이 바뀌는 건 아니니까. 나름대로의 컨트롤이다."

"후후."

아이거가 웃으며 앞장서 걷기 시작했다.

한참을 말없이 아이거의 뒤를 따라 걸으며 생각했다.

아이거의 말대로 과거의 나는 정말 한 번은 꼭 밟아본 돌다리만 찾아서 골라 밟는 삶을 살았다.

밟아보지 않은 돌다리에 발을 내디딜 때면, 이번 삶을 마감할 수 있다는 생각을 하면서 밟았다.

이제는 다음이 없다.

하지만 나는 나름대로의 승부수를 던졌고, 아이거의 말대로 이 승부수는 과거에는 던진 적이 없는 주사위였다.

'반복된 삶, 반복된 행복, 반복된 실패.'

나는 연결고리를 그렇게 생각했다.

과거를 거울로 삼아, 항상 현재를 만들려는 생각들이 패

착을 만들었다. 결국 죽음으로 끝났던 내 지난 삶들이 증거였다.

그래서 이번 삶에서는 확실한 변화를 주고 싶었던 것일지도 모른다. 나는 선택을 했고, 이렇게 난생처음 걸어보는 길 위를 이동하고 있었다.

콰우우우우.

펄럭— 펄럭— 펄럭— 펄럭.

바로 그때, 멀지 않은 산자락에서 포효와 함께 거대한 날개를 펄럭이며 남쪽으로 빠르게 날아가는 대상을 볼 수 있었다. 블랙 드래곤이었다.

"새삼 실감이 나는군."

서서히 드래곤의 영역으로 들어서고 있다.

이제부터는 드래곤이 마음만 먹으면 영역 내의 불청객에게 맹공을 퍼부을 수도 있고, 순식간에 수많은 함정들을 발동시킬 수도 있는 공간이다.

블랙 드래곤은 다른 드래곤 일족들보다 개인주의적인 성향이 강해, 자신의 레어에 다른 드래곤들이 접근하는 것을 더욱 꺼렸다.

하물며 인간은 말할 것도 없다.

때문에 이제부터는 의심스러운 곳을 이동할 때마다, 그곳에 있을지도 모르는 함정 마법진을 대비해야 했다.

쓸데없이 여기서 함정 마법진이 발동되어버리면, 드래곤들은 우리를 침입자로 인지할 것이다.

그렇게 되면 드래곤 로드에게 닿기도 전에 상황이 종료되고 만다.

드래곤 한둘은 몰라도, 다수의 드래곤을 상대하는 것은 9클래스라고 하더라도 인간 마법사 둘로는 힘든 일이다. 아니, 불가능한 일이다.

"이 정도면 정말 평범한 인간은 들어왔다가 비명횡사하기 더할 나위 없이 좋은 조건이군."

"드래곤의 특징이라고는 해도, 이건 너무한 것 아닌가?"

얼마 후.

나와 아이거는 입을 떡 벌린 채로 정말 아슬아슬한 외줄타기를 하듯이 산길을 지나가고 있었다.

온통 함정 마법진의 연속이었다.

게걸음으로 가지 않으면 안 될 정도로 사방이 온통 함정 마법진으로 가득했는데, 그 범위를 피해 가야 했기 때문에 여유 공간이 터무니없이 부족했다.

여기에 마나를 사용하면 그대로 반응이 일어나는 알람 마법진까지 만들어 놓은 탓에 블링크나 헤이스트는 사용할 엄두조차 내지 못했다.

"하하하하하."

왜 그랬을까? 나도 모르게 웃음이 나왔다.

드래곤의 구역으로 들어와 게걸음으로 움직이고 있는
아이거의 모습, 그리고 이로 미루어 짐작해 볼 수 있는 내
모습을 생각하니 웃음이 터졌다.

"예전부터 미친놈이란 생각은 했지만, 지금 보니까 정
말 미친놈이 맞긴 하군."

아이거도 어이가 없었는지 웃음을 짓는다.

서로 모양새가 빠지기는 매한가지니까.

"후아."

그렇게 한참을 게걸음으로 이동하고 나서야, 우리는 긴
한숨을 내쉬며 숨을 돌릴 수 있었다.

한 번의 위험 구간을 통과하고 나니, 상대적으로 여유
있는 경로가 나타났다. 만남은 빠를수록 좋다.

나와 아이거는 주변의 마법진을 최대한 넓게 감지해 가
며, 헤이스트를 이용해 속력을 높이기 시작했다.

*　　　　*　　　　*

그렇게 이틀 정도를 더 남쪽으로 이동했다.

반복된 구간이 계속해서 나타났다. 안전 구간과 위험 구간.

도보로 이동한 거리가 많아진 탓에 시간이 더 길어졌다.

나와 아이거에게는 만약을 대비한 텔레포트 스크롤이 있기는 했다. 초장거리 텔레포트 스크롤로 찢는 즉시 각자의 국가의 수도로 이동할 수 있는 것이었다.

거리에 비례해서 세공의 기간과 들어가는 마나석의 양이 증가하게 되는데, 나와 아이거가 들고 있는 이 스크롤은 한 장을 판다고 가정했을 때 어지간한 영지 하나를 통째로 살 수 있을 정도의 값어치가 있었다.

그런 스크롤이 손에 있는 이유는 단 한 가지. 나와 아이거가 각자의 국가에서 없어서는 안 될 핵심 전력이기 때문이다.

지금 이 상태에서 알로스를 비롯한 블랙 드래곤들이 나타나면, 속수무책으로 당해야만 한다.

그래서 비상연락망과도 같은 통신 마나석과 스크롤을 가져온 것이다.

블랙 드래곤의 영역은 계속해서 이어지는 함정 마법진과 수많은 마법진의 존재로 인한 마나 간섭의 향연이었기 때문에, 여기서 텔레포트를 시전했다가는 전혀 엉뚱한 곳으로 날아가게 될 수도 있었다.

여차하면 도착 지점에 대한 계산이 잘못되어 절벽 아래로 떨어지거나, 혹은 구조물 사이에 끼어 죽게 될 수도 있다.

그래서 스크롤이 필요하다. 스크롤은 그런 간섭을 배제해 주기 때문이다.

휘이이이.

어느 순간, 한 줄기 바람이 불었다.

"다 온 것 같군."

바람을 타고 흘러 들어온 짙은 살기. 나는 어렵지 않게 우리가 목적지 근처에 도착했다는 것을 인지할 수 있었다.

여전히 어둡고 빽빽한 삼림 속에서의 전진이었지만, 느낌의 변화만으로도 알 수 있다.

곧 살기의 근원과 마주치게 될 가능성이 높다는 것을.

위이이이잉.

이내 소환음이 들려오고, 나와 아이거의 앞에 무언가의 형체가 만들어지기 시작했다.

순식간에 나타난 인간의 모습, 하지만 이는 인간이 아닌 인간의 형상을 한 드래곤이다.

"당돌한 인간들이 방문한 것인가."

한마디를 했을 뿐인데, 마치 심연 속에서 들려오는 듯한 깊은 울림과 한기가 느껴진다.

"블랙 드래곤 로드를 만나기 위해 왔습니다. 평화를 바라는 인간들의 의사를 전달하기 위해."

아이거가 무어라 말을 하려는 찰나, 내가 먼저 운을 뗐다.

내가 한 말과 크게 다를 것 없는 말이겠지만, 이 말 한마디에 블랙 드래곤의 거친 반응이 나올 것도 예상을 해야 했기 때문이다.

즉, 먼저 말을 꺼낸 대상이 죽임의 대상이 될 수도 있다.

"여기까지 기어 들어올 정도면 담력 하나는 알아줘야겠군."

"목숨 걸고 올 생각이 아니었다면, 애초에 출발하지도 않았을 겁니다. 레논입니다."

"아이거입니다."

"인간들의 이름 따위에는 관심 없다. 다만 너희 두 인간의 손에 묻은 동족의 피가 느껴지는군. 처절하게 죽어간 동족의 고통이 말이야."

화아아아악.

그 말과 동시에 나와 아이거의 몸을 굳어버리게 만들 정도로 강력한 살기가 몸 전체를 짓눌렀다.

드래곤이라는 예상을 범주 안에 두어도 위압감을 느낄 정도로 묵직하게 다가오는 살기는 처음 경험해 보는 것이었다.

그는 자신의 정체를 밝히지 않았지만, 짐작할 수 있었다. 내 눈앞에 있는 상대가 평범한 블랙 드래곤이 아닐 가능성이 매우 높다는 것을.

"인간, 나는 여기서 너희 둘을 아주 간단하게 처치할 수도 있다. 9클래스? 그런 인간들의 수준, 키재기는 내게는 아무 의미 없는 것들이다. 인간들이 아무리 높은 곳을 꿈꾼다고 해도, 영원히 드래곤의 아래일 수밖에 없다."

순간 아이거의 표정이 살짝 일그러졌다. 자존심 탓이다.

하지만 이내 원래의 표정으로 돌아왔다. 이 블랙 드래곤은 틀린 말을 한 것이 아니기에.

"그럴 생각은 없습니다. 자만하고 싶은 생각도 없습니다."

나는 차분하게 말을 받았다.

"그런 인간이 아주 당돌하게 블랙 드래곤 하나를 죽였다. 마치 자신들이 드래곤 슬레이어라 불리는 인간들의 같잖은 영웅인 것처럼 말이야. 정말 우스운 일이 아닌가? 그 한 번의 승리에 도취해서, 마치 자신들이 모든 일의 열쇠를 쥐고 있는 것처럼 이렇게 블랙 드래곤의 영역에 겁도 없이 발을 내딛고 있다는 것이 말이야."

"전 무언가를 요구하기 위해서 온 것이 아닙니다. 부탁을 하러 온 것이 맞을 겁니다."

"부탁이라는 핑계 하나만으로 인간이 고귀한 블랙 드래곤의 로드를 만나겠다고 발걸음을 하는 것 자체가 무례라는 생각은 들지 않은 모양이군. 너희 두 인간은 지금 블랙 드래곤의 로드, 바로 내 앞에 있음을 명심하라."

"……."

그 순간, 나와 아이거는 인지했다.

눈앞에 나타난 드래곤이 로드를 만나기 위해 안내하는 인도자가 아닌, 바로 블랙 드래곤 로드 자신이라는 것을.

블랙 드래곤 로드, 자이르.

그는 자신의 이름을 그렇게 소개했다. 그리고 어느 경로를 통해서 알았는지, 이미 나와 아이거의 이름을 알고 있었다.

"어차피 죽을 곳을 찾아 들어왔으니, 할 말 정도는 잔뜩 준비해 두었겠지. 그렇지 않나?"

"맞습니다. 하고자 하는 말은 많은데, 전부 전할 수 있을지가 걱정이 될 뿐입니다. 저희는 가벼운 이야기를 하

고자 온 것이 아니고, 더불어 앞에 계신 로드와 엇나갈 생
각을 하고 이 자리에 온 것도 아닙니다."

나는 우선 저자세로 나갔다.

비굴하게 목숨을 구걸하기 위해서가 아니다. 최선의 대
화 방식을 택한 것이다.

설령 내가 드래곤을 뛰어넘을 힘을 가지고 있다고 하더
라도, 그 사실을 드래곤은 알더라도 인정하려 하지 않는
다.

그것은 종족의 특성과 중간계의 역사를 생각할 때 기본
전제로 깔고 들어가는 이야기이기도 하다. 인간은 드래곤
에 비해 약하다, 라는 것.

"들어보지."

자이르가 자리를 잡고 앉았다.

폴리모프 상태가 아닌 본신 그대로의 모습이었기에 매
우 육중했다.

자이르는 공터의 절반 이상을 차지하고 앉았고, 나와 아
이거는 근처에 놓인 잘려 나간 통나무 위에 자리를 잡았
다.

"이번 충돌의 시작점은 아시다시피 블랙 드래곤 라키시
스 님이 베르가디안에게 금지된 흑마법의 의식을 치르려
하는 과정에서 벌어졌습니다. 아시다시피 드래곤과 인간

은 아주 오랜 기간 평화를 유지해 왔습니다. 하지만 한 사람의 흑마법사가 마족과의 계약으로 미치광이가 되어, 전대미문의 살인자가 될 수도 있던 상황에서 가까스로 기지를 발휘하여 그것을 극복했습니다. 그것은 불가피한 저항이었지만, 라키시스 님에게는 그렇게 받아들여지지 않은 듯하더군요."

"계속 말해보도록."

자이르가 고개를 끄덕였다.

적으로 있어도 자이르 앞에서는 동족인 라키시스를 함부로 하대할 수는 없었다.

때문에 나는 내키지는 않았지만, 라키시스의 호칭 뒤에 님이라는 표현을 의식적으로 붙여주었다.

"그렇게 일은 마무리되는 것으로 보였습니다. 큰 피해는 발생하지 않았으니까요. 하지만 아시다시피 그 이후의 흐름은… 초토화된 인간들의 영지가 생겨났습니다. 라키시스 님에 의해서 말이죠. 이것은 어느 누구도 원하던 그림이 아닙니다. 의도적으로 전쟁, 혹은 충돌을 필요로 했던 것이 아니라면."

"뭔가 의도적으로 빼먹은 말이 있어 보이는데."

"인간들 입장에서는 이미 대마법사인 베르가디안을 자신의 수족으로 만들려고 했던 라키시스 님에 대한 대응이 필요한 시점이었습니다. 결속은 불가피한 일이었습니다. 인간은 드래곤과의 대립의 역사를 가지고 있고, 항상 그 역사에서는 수많은 희생이 뒤따랐기 때문입니다."

"좋은 인과 관계의 설명이로군. 아주 그럴듯한 말이야."

"의도된 포장이 아닙니다. 인간에게 드래곤이 얼마나 고귀하고 고결한 존재이며, 동시에 두려움의 존재인지는 로드께서 더 잘 알고 계실 것이라 생각합니다."

"레논, 그렇다면 라키시스를 죽인 이유는 무엇으로 설명할 수 있지? 인간이 드래곤을 죽였다는 사실 자체는 내게 중요하지 않다. 왜, 라키시스가 죽음에까지 이르러야 했는가가 중요하지. 드래곤을 죽인다는 건, 그 일족을 적으로 돌릴 수 있음을 뜻한다. 그걸 대마법사라는 네가 몰랐을까? 알았을 것이다."

자이르의 한마디 한마디는 아주 차갑게 가슴속을 파고들었다.

목소리만 듣고 있어도 살기에 몸 전체가 가라앉는 것 같은 냉기였다.

"알기에 벌인 일입니다. 더 나아가 적으로 돌리지 않을 것이라고 믿었기 때문에 그렇게 했습니다."

나는 좀 더 강하게 말을 높였다.

저자세로 대화는 시작했지만, 중요한 것은 저자세에 묻혀 핵심을 잃어서는 안 된다는 점이다.

라키시스와 같은 일개 드래곤은 자만과 오만에 빠질지 몰라도, 드래곤 로드의 자리는 아무에게나 주어지는 것이 아니다.

언제든 중재자로서 뛰어난 조율을 할 수 있는 존재. 수천 년의 세월의 정수와 깨달음이 담긴 생각을 할 수 있는 존재.

그런 존재가 드래곤 로드(Dragon Lord)인 것이다.

"동족을 죽인 사실을 두고, 드래곤 로드인 내가 적으로 돌리지 않을 거라 생각하였느냐?"

"그렇습니다. 평범한 인간과는 비교도 할 수 없을 드래곤 로드, 완전무결한 존재이기 때문입니다."

휘이이이이.

한 줄기 바람이 세게 불어와 몸 전체를 훑고 지나갔다.

잠시 동안 나와 아이거, 자이르 사이에 적막이 감돌았다.

"분명 라키시스 님과의 접촉은 제가 원하던 일이 아니었습니다. 세상의 그 어떤 흑마법사도 자신의 의지와 관계없이, 다른 방식으로 부정한 힘을 얻고 싶어 하지는 않을 것입니다. 마족과의 계약이란, 인간은 감당해 낼 수 없는 큰 그릇과도 같습니다."

아이거가 말을 보탰다.

시기적절하게 더해진 말이라 나쁘지 않았다.

자이르는 아무 말도 하지 않은 채, 아주 날카로운 시선으로 나와 아이거를 천천히 훑어보고 있었다.

눈빛이 몸의 어디론가 향할 때마다, 그곳에서 소름이 돋는다.

100번의 삶을 반복해서 산 내게도 드래곤 로드라는 존재가 가져다주는 위압감은 엄청났다.

"이 불화의 씨앗이었던 라키시스는 네 손에 죽었다. 남은 것은 셋. 이 녀석들은 이미 우리 일족의 손길을 벗어난 존재들이다. 블랙 드래곤의 이름마저 포기한 녀석들이지. 엄연히 말하자면 이제는 고결한 블랙 드래곤의 일원이라 할 수 없다."

그때, 자이르가 한결 차분해진 음성으로 말을 이었다.

이것은 예상하지 못했던 그림이었다.

제명당한 블랙 드래곤.

이미 블랙 드래곤은 자신들 선에서 미리 이 '별종'들과 선을 그어버렸다.

아니, 어쩌면 '별종'들이 먼저 갈라서기를 바랐는지도

모른다.

자이르가 내게 했던 말들은 나에 대한 분노라기보다는 일종의 간보기였다.

과연 이 인간들이 블랙 드래곤에게 어떤 감정을 가지고 있는가, 적으로 봐야 하는가, 혹은 '별종'들을 처리해 줄 우군으로 봐야 하는가. 그 탐색의 일환이라는 생각이 들었다.

"현명한 선택이십니다. 처음부터 지금까지 인간들은 블랙 드래곤과의 전쟁은 생각하지도 않았습니다. 근본적인 문제의 해결만 이루어진다면, 모든 것은 순리대로 흘러갈 것입니다."

"하지만 명심해라. 우리는 이 문제에 개입하지 않을 것이다. 너희 인간들이 이 녀석들에 대해 어떻게 할지는 인간들 스스로 결정할 문제이지만, 우리 일족이 나서서 중재할 일이 아니기도 하니까."

"그것은 당연한 일입니다. 그래야만 하지요."

생각보다 이야기의 방향은 수월하게 풀려갔다.

아니, 사실 그래야만 했어야 하는 일이다. 자이르는 합리적인 생각을 했고, 완벽하게 이 '별종'들과 선을 그었다.

이것은 자이르 혼자만의 독단적인 결정은 아닐 것이다.

이미 우리가 오기 전에 일족 차원에서 큰 회의가 끝났을 것이고, 그는 일족의 의견을 대표해서 로드로서 전해주고 있는 것일 가능성이 크다.

"인간, 잘 들어라. 너희는 분명 일족 전체가 민감하게 반응할 수도 있었던 일을 저질렀다. 하지만 우리 블랙 드래곤이 이 일에 선을 그은 것은 결코 너희 인간들을 존중하거나 위해서가 아니다. 우리 스스로의 가치를 잃지 않기 위해서지."

"예, 명심하겠습니다."

"분수를 모르고 주제 넘게 설치는 인간들의 역사가 보통 파멸로 치달았듯이, 그것은 드래곤이라고 해서 다를 것이 없다는 깨달음이기도 하다. 우리 블랙 드래곤 일족과 다른 일족 모두, 이 일에 대해서는 어떤 움직임도 없을 것이다. 그러니 너희 인간들의 손으로 문제를 해결하고, 모든 것을 원점으로 돌려놓도록 해라. 그것이 내가 너희 인간들에게 해줄 수 있는 가장 큰 조언이다."

자이르는 그렇게 결론을 냈다.

나와 아이거, 더 나아가 다른 이들도 바랐을 대답이었다.

자이르는 현명하게 상황을 구분했고, 이제 더 이상 알로스와 그 뒤에 있을지 모르는 블랙 드래곤들을 걱정하지 않아도 되게 되었다.

돌아가는 길.

자이르는 온갖 함정과 위험요소들로 가득했던 길 대신 지름길로 사용할 수 있는 드래곤들의 전용 텔레포트로 우리를 안내했다.

그리고 마법진을 통해 빠져나오고 나니, 드래곤들의 영역으로 들어서던 초입에 당도해 있었다.

"며칠의 고생이 몇 초 만에 끝나는군."

"새삼스러울 것도 없는 일이지."

나와 아이거가 서로를 마주보았다.

블랙 드래곤과의 얘기는 우리가 바랐던 그림대로 흘러갔다.

자이르의 말대로 블랙 드래곤이 인간을 배려해서가 아니라, 그들 스스로의 고결함에 먹칠을 하는 일이 없도록 만들기 위해서였을 것이다.

"잠시 쉴까? 후우."

"후우우우. 드래곤을 마주하는 일은 정말 쉬운 일이 아니군."

나와 아이거는 뒤를 한 번 더 돌아보고 나서야 참아왔던 한숨을 깊게 내쉬었다.

9클래스의 두 마법사가 보이는 것치고는 참 소박한 모

습이지만, 그만큼 자이르의 위압감은 컸다.

어쨌든 이제 범위는 좁혀졌다.

다른 드래곤들이 굳이 블랙 드래곤 일족의 일에 개입할 가능성은 거의 없고, 블랙 드래곤들도 별종들과는 선을 그었다.

그렇다면 고립 상태가 된 세 드래곤을 인간이 상대하는 것. 그것이 마지막 그림이 될 터다.

"곧 움직임이 있겠어."

"당하고만 있지는 않겠지."

나와 아이거의 생각은 비슷해 보였다.

폭풍이 몰려오기 전이었다.

이제는 부지런히 돌아가 마지막 전쟁을 대비할 시간이었다.

블랙 드래곤 셋만 움직인다면 전쟁은 수월하겠지만, 문제는 그 셋이 몰고 올 또 다른 폭풍들이었다.

라키시스가 블랙 오크를 움직여 인간들을 공격하게 했듯, 그들에게는 얼마든지 마음대로 부릴 수 있는 '하찮은' 하수인들이 있지 않던가?

조건은 모두 맞춰졌다.

이 최종전에서 승리하고 살아남기만 하면, '그'가 그토록 원하던 인간들의 정점에 설 수 있게 된다.

애초에 그가 원했던 것도 드래곤들 전체를 뛰어넘을 절대자가 되라는 것이 아니었다.

인간들의 영역 내에서 최고의 존재가 되라는 것.

자이르는 분명 선을 그었고, 그는 드래곤의 영역에 위치하게 되었다. 그렇다면 남은 것은 알로스와 두 드래곤이다.

*   *   *

나와 아이거는 빠르게 각자의 나라로 복귀했다.

자이르와의 대화에 대한 소식을 전하자, 가장 반긴 것은 메디우스였다. 가장 큰 시름을 덜었기 때문이다.

이제 인간들은 적으로 해야 될 대상이 명확해졌다.

동시에 적이 될 수도 있었던 다른 대상은 중립이 되었다.

준비는 빠르게 진행됐다.

어디서 블랙 드래곤이 나타날지 특정은 할 수 없어도, 짐작은 할 수 있었다.

스페디스 제국의 남쪽.

모두가 그곳을 주시했다.

동시에 각국의 전투 마법사단은 언제든 신속하게 움직

일 수 있도록 비상 대기 상태를 유지했다.

그로부터 일주일의 시간이 흐르고.

블랙 드래곤의 행방이 묘연하게 느껴질 즈음.

드디어 남쪽에서 소식이 들려왔다.

끝없이 밀려오는 몬스터들의 대규모 침공이었다.

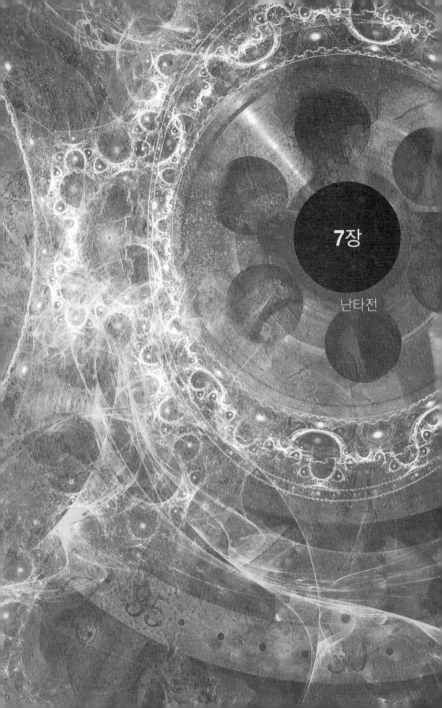

7장

난타전

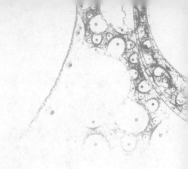

고등 문명과 하등 문명.

문명, 그리고 정신 세계의 차이가 가져다주는 간극은 필연적으로 하위에 위치한 개체로 하여금 비극을 만들어 낸다.

"이미 자르가드의 남쪽은 쑥대밭이 되었다고 들었습니다."

"작정하고 판을 벌인 게지. 이런 식의 밀어붙이기는 본 적도 없고, 사서에 실린 적도 없는 이야기일 거야."

거대한 몬스터의 바다.

딱 그 표현이 어울릴 것 같을 정도로 산 정상에 올라 아래를 내려다보고 있는 나와 메디우스의 시선을 가득 메운 것은 끝없이 밀려오는 몬스터들의 행렬이었다.

이런 사달이 벌어진 이유는 아주 간단했다.

트롤, 고블린, 오우거 등으로 대표되는 몬스터들의 지도자가 드래곤들에 의해 모든 것을 속박당했기 때문이다.

인간의 정신을 장악하는 흑마법도 시간만 주어지면 능히 해낼 수 있는 블랙 드래곤에게 몬스터들 정도는 어려운 대상이 아니었다.

굳이 몬스터들 하나하나를 설득하려 할 필요도 없다. 지도자가 내리는 명령이 곧 자신들의 뜻이기도 하기 때문이다.

드래곤들은 얼마든지 몬스터들을 컨트롤할 수 있었다. 하지만 그렇게 하지 않았던 것은 굳이 그럴 필요가 없었기 때문이다.

더 나아가, 중간계의 가장 최상위에 있는 존재이자 중립을 유지해 오던 그들이 긁어 부스럼을 만들 필요가 없는 이유에서이기도 했다.

하지만 인간들과의 전면전을 바랐을 알로스와 두 블랙 드래곤에게는 다른 이야기였을 터.

게다가 블랙 드래곤 차원에서도 일족의 구성원에서 배

제된 상황이라 이제는 그냥 '드래곤'일 뿐이었다.

돌아갈 곳이 없는 드래곤들.

그들은 가장 이 상황을 유리하게 이끌 수 있는 방법을 선택했고, 그것은 모르고스 산맥 너머에 광범위하게 군락을 구성하고 있는 다양한 몬스터들을 북쪽으로 올려보내는 일이었다.

"해적들도 기승을 부린다고 들었습니다."

"지금처럼 날뛰기 좋은 때가 없지. 지금 모든 국가의 전력이 남쪽으로 밀려 내려가 있지 않으냐. 북쪽은 최소한의 전력만 있으니 무주공산이나 다름이 없지."

"어느 정도의 전략적 후퇴가 불가피해 보입니다. 특히나 자이언트 오우거 같은 두꺼운 외피를 가진 녀석들은 항마력까지 자체적으로 높은 부분도 있습니다."

"어떤 그림이 좋겠느냐?"

드디어 시작된 드래곤과의 전면전.

키워드는 크게 세 개로 나누어지게 된다.

몬스터, 드래곤, 해적.

애초에 어느 국가에도 소속되지 않고 이익을 좇아 날뛰는 해적에게 애국심 같은 것은 의미가 없다.

설령 몬스터들에 의해 대륙 전역이 초토화가 되도, 해적들에게는 알 바가 아닌 것이다.

해적들을 마냥 무시할 수만 없는 것은 생각보다 규모가 크고, 활동 범위가 넓으며, 곳곳에서 혼란을 야기시키기 때문이다.

워낙에 게릴라전에 능하고 물길에 자신이 있다 보니 정규군도 애를 먹는다.

드래곤은 해적들과 몬스터들의 움직임에 맞춰, 인간들의 빈틈을 노릴 것이다.

지금으로서 가장 표적이 되기 쉬운 것은 대륙 북부에 있는 국가들이다.

남쪽에 위치한 스페디스 제국, 마도국 자르가드가 몬스터들의 공세를 막아내는 동안 어느 정도 여유가 있으리라 생각할 테니까.

"충분히 판이 짜여질 때까지 전략적으로 남쪽 전선을 끌어올리고, 그 사이에 해적들부터 잡는 게 어떻겠습니까? 일단 바다를 신경 쓸 일이 줄어들게 되면, 역으로 해군이 몬스터들의 거점을 노릴 수도 있습니다."

"가장 확실한 것부터 잡자?"

"이 전쟁은 몬스터들을 다 죽이고, 해적들을 다 죽인다고 해도 끝나지는 않습니다. 하지만 앞서 이 둘을 처리하지 않으면 저 비열한 드래곤들은 최대한 모습을 늦게 드러내면서 약을 올리겠죠."

"결국 본질에 다다르기 위해서는 어쩔 수 없는 선택이군."

"그렇다면 선택은 빠를수록 좋을 겁니다."

"하지만 단번에 많은 전력을 이탈시킬 수는 없다."

메디우스의 말대로 다수의 전력을 해적을 상대하는 자리에 보낼 수는 없었다.

지금 눈에 보이는 몬스터들은 빙산의 일각에 불과할 뿐이다.

사실상 중간계에 있는 대다수의 몬스터들이 움직인 것이나 다름없었다.

드래곤 셋의 힘으로 그런 일이 가능하겠냐고 묻는다면, 결론부터 말하자면 가능하다.

다만 드래곤들이 지금까지 그렇게 해오지 않았던 것은 결과적으로 이것이 인간들 전체와의 전면전으로 격화될 수 있기 때문이다.

인간들이 똘똘 뭉쳐 드래곤에게 대항하게 되면, 그때는 드래곤도 심각한 피해를 감수해야만 한다.

하지만 내일이 없는 세 드래곤에게는 이런 것은 신경 쓸 계제가 아니었다.

사용할 수 있는 모든 수단과 방법을 가리지 않는 것이다.

"어차피 해적은 찾는 게 문제지, 제 수준에서 상대하는 건 어렵지 않습니다. 허락만 해주십시오. 함께 이 일을 수행해 줄 좋은 동료들이 있습니다."

내가 자연스럽게 떠올린 것은 테노스 용병단의 동료들이었다.

그들과 비록 떨어지긴 했지만, 잊지는 않았다.

"추가 전력 편성은?"

"지금은 필요 없습니다. 부득이하게 필요해지면 증원을 요청하겠습니다. 제가 소속되었던 용병단과 움직이려 하는데, 그 정도의 국고 지원은 가능하지 않겠습니까?"

"얼마든지."

메디우스의 허가가 떨어졌다.

지금은 전시 중이고, 마법사를 포함한 대부분의 전력 운영에 대해서는 메디우스가 깊게 관여하고 있었다.

해적들의 본거지는 알고 있다.

그들의 특성이나 습성도 알고 있다. 지난 삶들은 내게 수많은 경험을 만들어주었고, 그 경험들은 지금처럼 언제든 도움이 된다.

"그럼 남부 전선을 부탁드립니다."

"지원이 필요하면 언제든 연락하거라. 지금은 긴밀한 연계가 그 무엇보다 중요한 시점이니 희생히겠다는 생각

일랑 말고."

메디우스가 내 어깨를 어루만지며 걱정에 잠긴 표정으로 말을 이었다.

그의 말대로 지금은 어떤 누군가의 큰 희생보다는 중요한 전력을 잃지 않는 것이 중요한 시기다.

"그럼 해적 클라우드부터 처리하겠습니다."

스페디스 제국 서쪽 해안에서 맹위를 떨치고 있는 클라우드.

과거에도 한 번 나에게 당한 적이 있는 해적 지우드의 사촌 동생이다.

지우드는 병에 걸려 죽었지만, 사촌 동생인 클라우드가 해적 조직을 넘겨받고 더 규모를 키웠다.

클라우드가 처리되지 않으면, 해적 토벌은 시작도 못 하는 것이나 마찬가지이기 때문에 클라우드가 1순위가 될 수밖에 없었다.

지이이잉― 지이이잉―

빠르게 장거리 텔레포트 마법진을 활성화시키고, 나는 전장을 떠날 준비를 했다.

그사이 몬스터들의 물결은 좀 더 가까운 곳으로 도달해 있었다.

들리지는 않지만, 긴장과 두려움 그리고 투지의 다양한

감정이 혼재된 병사들의 숨소리가 들리는 것 같다.

살육을 즐기는 몬스터들에게 자비나 인정은 없다.

여유를 부릴 시간은 없다.

최대한 신속하게 신경 쓰이는 문젯거리들을 처리하고, 다시 빠르게 전장으로 복귀하는 것. 그것이 가장 큰 목표였다.

*　　　*　　　*

"이렇게도 만나는 건가?"

"잘 지내셨죠?"

"안 그래도 따분하던 차였는데. 보통 이런 일에 용병단을 부르게 마련인데, 이번 전쟁은 용병들을 전부 대기 상태로만 놓더군."

나는 바로 테노스 용병단으로 향했다.

테노스의 말대로 아직까지 제국 내의 용병단들은 대기 상태를 유지하고 있었기 때문이다.

유사시에 용병단이 국가의 전력화가 되는 것을 생각하면 전장에 바로 파견될 법도 했지만, 메디우스는 그렇게 하지 않았다.

후방에서 생길 변수를 고려하고 있었기 때문이다.

"이게 누구야? 아니, 이제는 이런 말을 쓰면 안 되는 건가? 어서 오십시오, 레논 님."

"레논! 레논이 왔다—!"

테노스 다음으로 나를 반긴 것은 아론과 크리스티나였다.

두 사람의 시끌벅적한 반응에 다른 동료들도 하나둘 단장실로 모여들기 시작했다.

순식간에 옛 동료들이 모두 모였다. 반가운 자리였다.

"본론을 얘기하지. 우리 대마법사님께서 아무 이유 없이, 바람이나 쐬자고 이 용병단까지 오셨을 리는 없으니까."

역시 테노스는 눈치가 빨랐다.

"우리 눈높이에 딱 맞고, 충분히 뛰어놀 수 있을 만한 작전이로군."

"사실 안 그래도 해적들에 대한 얘기를 하고 있던 차인데."

해적 클라우드를 비롯한 해안가에 근거지를 두고 있는 해적들에 대한 이야기를 꺼내자, 동료들의 얼굴에 화색이 돌았다.

항상 다음, 그다음을 생각하는 용병단의 동료들은 예전

에도 항상 많은 생각을 하곤 했다.

지금도 그들은 아무 임무도 주어지지 않는 휴식기였지만, 다음 행동에 대한 생각을 늘 하고 있었던 것이다.

"하지만 해적들은 눈에 보이는 것보다 보이지 않을 때 더 무서운 놈들이야. 다시 말해서, 해적들의 본거지를 털지 못하면 아무런 의미가 없는데. 그에 대한 정보가……."

"여기에 있습니다. 여기에."

나는 내 머리를 강조하며 가리켰다.

지원도 약속받았고, 내 재량 안에서 사용할 수 있는 것들도 꽤 된다.

다수의 해적들을 신속하게 타격하기 위해서 무엇보다 필요한 것은 텔레포트 스크롤.

해안가에는 군용 텔레포트 마법진이 촘촘하게 구축되어 있지 않고, 해적들의 근거지는 보통 섬 안에 있기 때문에 순식간에 위치를 이동시킬 수 있는 텔레포트 스크롤이 필수적이었다.

"그럼 얘기가 수월해지지. 첫 번째 공략 대상은?"

"클라우드입니다."

"지우드의 사촌 동생이로군. 서해를 생각하면 클라우드를 제외할 수는 없지. 우리가 해줘야 할 역할은 뭘까? 편하게 말해도 된다, 레논. 이제 너는 우리와는 차원이 다른 대마법사가 되었으니까. 그 실력을 인정하고 있기에 부담을 가질 필요도 없다."

테노스는 자칫 경직된 분위기로 흘러갈 수도 있는 상황을 아주 가볍게 풀어주었다.

내가 과거의 용병단 소속 마법사로서의 레논과 대마법사 레논의 모습 사이에서 혼란스럽지 않기를 바라는 것이다.

"저는 핵심을 노릴 겁니다. 대장이 없는 해적은 오합지졸에 불과할 테니까요. 여러분들은 오합지졸이 될 해적들을 처리해 주시면 됩니다. 거점의 해적 제거도 필요하지만, 가장 중요한 건 해적들의 기반 자체를 태워 없애는 일이기 때문입니다."

"이것이 9클래스 마법사를 잠시나마 동료로 두고 싸우게 되었기에 얻을 수 있는 자신감인 건가?"

뚜둑. 뚜두둑.

아론이 양손을 움직이며 뭉친 근육을 풀었다.

사실 내용은 간단했다.

대장은 내가 처리하고, 나머지는 용병단이 처리하면 된다.

그리고 거점 여기저기에 불을 지르고 그들이 기반으로

삼을 만한 터전 자체를 없애면 된다. 그리고 나면, 다음 목적지로 이동하면 되는 것이다.

"우리는 서쪽에서부터 시작해서 북쪽, 동쪽으로 이동하는 시계 방향의 동선을 가져갈 겁니다. 이 작전의 생명은 속도. 얼마나 빨리 다음 목적지에 도착해서 해적들을 섬멸하느냐에 달린 문제죠. 그래서 다수의 인원을 편성할 수도 없습니다."

"해적들의 정보 전달보다 우리의 발이 더 빨라야겠군."

"그래서 이것도 준비해 왔고."

후두두두두둑.

나는 미리 준비해 온 텔레포트 스크롤 더미를 동료들 앞에 펼쳐 보였다.

한 장만 구비하려고 해도 수백 골드가 깨져 나가는 스크롤들이 마치 휴지 조각처럼 널브러져 있으니, 동료들의 표정이 일순간 굳었다.

용병단 차원에서도 필요하면 몇 장 구비할 수는 있지만, 이렇게 셀 수 없을 만큼 널려 있는 것은 평생을 살아도 보기 힘든 일이기에.

"언제 출발할 수 있겠습니까?"

나는 단도직입적으로 물었다.

시작은 빠를수록 좋다.

그만큼 적에게 준비할 시간이 줄어든다는 이야기니까.

그러자 테노스가 기대했던 답변을 그대로 내 귀에 들려주었다.

"우리는 지금 바로 움직인다."

달조차 뜨지 않은 한밤중.

사방은 온통 칠흑 같은 어둠의 연속이었다.

해적의 본거지라고 하면 술과 여자, 열띤 불길이 어우러진 광란의 공간을 연상하기 마련이지만 그것은 크고 작은 전투에서 승리했을 경우다.

클라우드의 거점은 아주 조용했다. 이따금씩 들려오는 순찰조의 발소리만 제외하면, 아무것도 없다고 해도 믿을 정도였다.

스르르륵.

나는 인비저블 마법으로 클라우드의 숙소 바로 앞까지 아무런 제지 없이 접근하는 데 성공했다.

그래도 해적의 총사령관이며 보호가 필요한 인물이었기 때문에 인근에 호위 마법사는 물론이고, 알람 마법진도 설치되어 있었다.

이 정도의 대비면 어지간한 침입자들은 조기에 발각이 된다.

설령 땅굴을 파서 침투한다 하더라도 알람 마법진의 감지 범위에 들어갈 수 있을 것이다.

하지만 상대가 9클래스의 마법사면 이야기가 달라진다. 나는 완벽하게 감지 범위를 인지할 수 있었다.

쉽게 비유하자면 눈에 보이는 선을 보고 있는 느낌이다. 못 피하는 게 이상하지.

수많은 사람들을 공포로 몰아넣는 조직, 해적. 그 해적의 수장인 클라우드는 분명 공포의 대상이었다.

하지만 힘의 격차에서 오는 운명의 갈림길은 생각보다 빨리 나타난다. 클라우드는 살아서 이곳을 빠져나갈 수 없다.

사실 마음만 먹으면 메디우스도 이런 해적들을 처리할 수 있었을 것이다.

하지만 그렇게 하지 않았던 것은 그럴 필요성을 크게 느끼지 못했고, 당면한 과제들이 많았기 때문이다.

이는 블랙 드래곤 로드 자이르와도 유사한 관점이 있다.

할 수 있지만, 할 필요를 느끼지 못하는 일.

하지만 궁지에 몰린 드래곤들은 몬스터들을 움직였다. 그리고 나 역시 제거할 '필요'가 생긴 해적들을 소탕하기 위해 나선 것이다.

이제 몇 걸음도 남지 않았다.

파파팟.

블링크의 시전과 함께 건물 밖에 있던 내 몸이 건물 안으로 이동하고, 바로 눈앞에 곤한 잠에 빠져 있는 클라우드의 모습이 눈에 들어왔다.

지우드의 사촌 동생답게 그를 닮았다.

화르르륵.

이내 양손에 맺히기 시작하는 화염의 수인.

"누구냐?"

해적의 대장답게 불길을 느끼자마자 클라우드가 반사적으로 몸을 일으켰다.

동시에 그의 오른손에는 검 한 자루도 쥐어져 있었다.

보통 이런 녀석들은 자기 전에 항상 머리맡이나 이불 속에 검 한 자루를 넣고 잔다고 하던데, 그 말이 사실이었다.

하지만 지금 이 상황에서 검 한 자루가 더 있다고 해서 클라우드의 운명이 크게 달라지지는 않는다.

"이제 다시 볼 일이 없도록!"

"크아아아악!"

거대한 화염의 불길은 순식간에 클라우드를 향해 파고들었고, 일순간에 건물 전체에서 거대한 불기둥이 치솟아올랐다.

나는 시전과 동시에 블링크를 이용해 자리를 빠져나왔고, 현장에 남은 것은 클라우드의 시체뿐이었다.

방금 전, 클라우드에게 내뱉은 말은 내 바람이었다.

이제 이런 인연의 고리들을 다시 반복하는 일이 없도록 완벽하게 종막(終幕)을 향하여 가는 일. 그것이 100번째 삶의 목적이라 생각했다.

이번 삶에서 마주치는 모든 것들은 내게 '마지막' 이라는 의미가 있었다. 지난 첫 번째부터 아흔아홉 번째까지의 삶과는 다른 특별함이다.

101번째의 삶은 존재하지 않으니, 내가 죽거나 혹은 목적을 달성하더라도 이곳에서의 삶은 끝이 난다.

이번 삶에서 내 눈앞에서 죽는 적들은 마지막으로 '죽은 기억' 이 남는 존재가 되고, 살아 숨 쉬는 동료들은 영원히 '산 기억' 으로 함께하는 존재가 된다.

"대장! 클라우드 대장! 침입자, 침입자다! 어서 대장을!"

여기저기서 혼비백산한 마법사와 경비병들의 목소리가 뒤섞여 들렸다. 그리고 동시에.

퍼어어엉! 퍼어엉! 퍼엉!

섬 여기저기서 폭음이 일며, 거대한 불기둥이 치솟았다.

클라우드의 거처에서 나온 불기둥을 신호로 동료들이 움직이기 시작한 것이다.

"배부터 태워볼까. 식량 창고는 이미 접수하고 있을 테니."

나는 방향을 바다 쪽으로 잡았다.

배와 식량이 없는 해적들은 이빨과 손톱이 모두 빠진 호랑이와 같다. 나는 사전에 동료들과 계획한 대로 신속하게 움직이기 시작했다.

*　　　*　　　*

"잘 타네. 이렇게 쉽게 처리할 수 있는 녀석들을 왜 지금까지 보고만 있었을까."

"선택과 집중의 결과물일 뿐이다. 그때의 해적은 크게 신경 쓸 거리가 되지 않았으니까."

얼마 후.

나와 동료들은 유유히 섬을 빠져나와 육지에 도달해 있었다.

거리가 다소 되는 육지에서도 불길로 뒤덮인 섬이 한눈에 보일 정도로 상황은 심각했다.

클라우드는 나와 눈이 마주치는 순간 비명횡사했고, 섬

내부에 주둔하고 있던 굵직한 간부급의 해적들도 모두 죽었다.

배는 한 척도 남김없이 탔고, 식량 창고도 소규모의 창고 몇 개를 제외하면 모두 불탔다.

"빠르게 다음 장소로 이동하죠. 이번에는 자이나크입니다."

"자이나크, 이놈은 거점 자체를 찾지 못한 걸로 알고 있는데. 이 녀석의 본거지를 안단 말이야?"

아론의 물음에 나는 고개를 끄덕였다.

아론의 말대로 자이나크는 클라우드와는 다르게 본거지가 어딘지조차 특정할 수 없도록 정체가 묘연한 인물이었다.

"자이나크야말로 대표적으로 등잔 밑이 어둡게 만드는 해적입니다. 놈의 본거지는 육지에 있으니까."

"그게 말이 돼?"

"곧 확인하게 될 겁니다."

나는 아론의 반문에 미소와 확신에 찬 답을 건넸다.

지금 이 세계에 살고 있는 해적들에게는 미안한 이야기지만, 나는 그들에 대한 모든 것을 알고 있다.

가장 예민한 정보인 거점과 근거지를 알고 있다는 점이 크다.

삶을 반복하다 보면 언젠가 필요할 것 같은 정보들은 반드시 머릿속에 담아두게 되는데, 해적들은 '필요할 정보'로 분류했던 것들이었다.

"스크롤이 필요할까?"

테노스의 물음에 나는 고개를 저었다.

"군용 텔레포트를 통해 이동해 도시에 있는 자이나크를 칠 겁니다."

"믿을 수가 없군."

테노스가 고개를 저었다. 확실히 믿지 못하는 눈치다.

어차피 상관없다.

전장에서 마주치면, 바로 자이나크의 얼굴을 알아볼 수 있을 테니까.

＊   ＊   ＊

"자이나크!"

얼마 후, 불길이 치솟은 전장에서 테노스가 가장 먼저 소리친 말은 자이나크의 이름이었다.

해안의 작은 영지.

누가 봐도 해안가의 평범한 소규모 영지로 보이는 이곳이 바로 자이나크의 거점이었다.

인근의 섬들에 있는 구조물들은 전부 위장이었다.

아주 오래전부터 자이나크는 이 영지에 자신의 영역을 만들어 놓았고, 현지 귀족이나 병사처럼 해적들을 모두 위장시켰다.

돈만 있으면 이런 작업은 어렵지 않았다.

그래서 아주 자연스럽게 구성원들이 교체되면서, 영지의 구성원들이 모두 해적으로 바뀌었다.

만약 중앙 정부에서 해적을 토벌하라는 명령이 떨어지거나 해적을 처리하기 위해 용병단을 보내면 교묘하게 빈틈을 노렸다.

적어도 이들이 해적이라고 생각할 만한 사람은 없었으니까.

그리고 적당한 이유를 둘러대어 용병단의 패배를 보고하고 좀 더 많은 지원을 요청했다.

즉, 국고가 해적들에게 들어가고 있었던 것이다.

자이나크는 그 과정에서 육지에 있을 때면 항상 변장과 분장으로 정체를 숨겼고, 배를 타고 활동을 할 때만 본래의 모습을 드러냈다.

해적 자이나크와 로잔 영지의 첼튼 자작을 동일 인물이라 생각하는 사람은 아무도 없었던 것이다.

하지만 나는 전투가 개시되자마자 바로 자이나크의 저

택, 그러니까 첼튼 자작의 저택을 노렸다.

그리고 그의 변장이 이루어지기 전에 그를 밖으로 끄집어냈다.

그 광경을 모두 지켜본 테노스는 이 엄청난 반전에 놀라움을 감추지 못했다.

"어떻게 나를?"

자이나크는 혼이 반쯤 나간 듯한 표정으로 나를 바라보았다.

내가 누군지 아는 것 같은 눈치다.

하지만 수십 년을 교묘하게 숨겨온 자신의 정체가 허망하게 탄로가 나자 믿을 수 없다는 눈치였다.

"이놈의 목은 내가 챙긴다!"

테노스가 맹렬한 기세로 자이나크에게 달려들었다.

자이나크는 현상금도 꽤 걸려 있는 해적이었다.

그를 잡는 공 정도는 테노스가 가져간다 해도 상관없으리라.

그렇게 하룻밤 사이에 해적의 거점 두 군데가 사라졌다.

총수 둘의 목숨도 저세상으로 떠났음은 두말할 나위도 없었다.

*   *   *

　대륙의 서쪽에서부터 시작된 해적단 기습의 시작은 거침 없이 계속됐다.

　나와 테노스 용병단의 일원들이 서쪽에서 북진하는 동안, 메디우스는 각국에 미리 협조를 요청했다.

　보안 엄수, 비밀 유지, 그리고 협조.

　중간에 국경을 넘나들어야 하는 상황에서 우리는 자유로이 이동을 허가받았고, 텔레포트 마법진까지 이용할 수 있는 프리패스나 다름없는 통행증을 받았다.

　애석하게도 해적들의 소식통은 우리의 이동 속도보다는 느렸다.

　잠까지 반납해 가며 이어진 강행군 속에서 해적들은 빠르게 무너졌다.

　정규 훈련을 받으며 체계적인 관리하에 통제되는 정규군과는 달리, 해적들은 그 자유분방함이 힘의 근원임과 동시에 약점이기도 했다.

　그 과정에서 각국의 긴밀한 공조가 이뤄진 끝에 거의 동시다발적으로 해적들에 대한 대대적인 공격이 시작됐다.

　대륙 북쪽에 위치한 국가들은 아직 몬스터들과의 전쟁

에서는 자유로웠고, 병력을 동원할 여유가 있었기 때문이다.

나는 시기적절하게 그들에게 해적들에 대한 정보를 공급했고, 그 효과는 확실했다.

여기저기서 해적들의 근거지가 동시에 불타올랐고, 독기를 품고 공격하는 정규군 앞에서 해적들은 속절없이 무너졌다.

일주일.

해적이라는 이름을 달고 바다를 무대 삼아 위용을 떨치던 해적들이 뿔뿔이 흩어지기까지 걸린 시간이었다.

해적 소탕이라는 목적 아래, 국가 간의 협력은 예상 이상으로 잘됐다. 과거에 신념과 이념, 이해관계의 차이로 대립하던 것을 생각하면 괄목할 만한 변화였다.

1차전은 끝났지만, 해적들은 편치 못했다.

기회가 왔다고 생각한 각국은 아예 본거지를 뿌리 뽑기 위해 해군까지 파견하는 적극성을 보였다.

섬의 곳곳에 숨어서 농성하거나, 민간인들 사이에 스며들려던 해적들의 계획은 막혔다.

철저한 살육(殺戮).

해적들은 그동안 바다의 패자로서 떨쳐온 명성을 모두

잃었고, 쌓아올린 악명을 업보(業報)로서 돌려받았다.

특히 현상금이 걸린 간부급의 해적들은 잡히는 즉시, 신체 여기저기가 찢겨져 앞다투어 병사들의 손에 들렸을 정도로 최후가 좋지 못했다.

그 누구도 생각하지 못한, 그리고 실천하지 못했던 해적 소탕이 급물살을 타게 되면서 국면의 전환이 예상됐다.

최소한 바다 걱정을 할 필요가 없어지게 되었기 때문이다.

하지만 모든 것이 생각대로 흘러가지는 않았다.

         *   *   *

콰아아아아앙!

쿠우우우우우웅.

해적을 토벌하고 개선하던 스칸디나 왕국의 토벌대들이 왕도(王都)의 대로를 따라, 백성들의 열렬한 환호를 받으며 복귀하던 그 순간.

대로 한가운데에서 거대한 불길이 동시다발적으로 치솟았다.

그리고.

스칸디나 왕국의 왕, 신하, 병사, 백성들은 상공에서 거칠게 날개를 펄럭이며 화염을 머금은 브레스를 난사하는 공포의 존재를 목도할 수 있었다.

"드디어."

그 소식은 내게도 전해졌다.

하나의 근심거리를 해결하는 순간, 드래곤들은 기가 막히게 모습을 드러냈다.

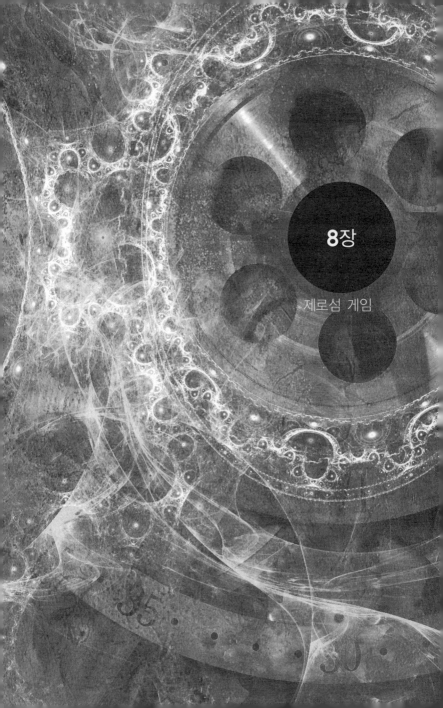

8장

제로섬 게임

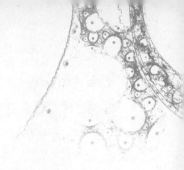

　스칸디나 왕국은 대륙의 북쪽에 있는 국가였고, 단 몇 분 만에 왕도가 초토화됐다.

　드래곤들은 교묘하게 때를 노렸고, 가장 많은 인파가 수도의 대로에 나와 있을 때를 노렸다.

　그들의 공격에는 인정과 자비란 없었고, 그저 수가 많은 인간들을 단번에 쓸어버렸을 뿐이었다.

　이로 인해 남부 전선에서 몬스터들과 싸우고 있는 스페디스, 자르가드 군에게 전략적인 선택이 강요됐다.

　대륙 전체로 보면 4할 이상의 규모, 그리고 핵심 전력으로 보면 절반 이상의 마법사, 기사들을 보유한 두 나라였기 때문에 향방에 관심이 쏠렸던 것이다.

양국의 수뇌부는 남부 전선에 더 힘을 싣기로 결정했다.

이 상태로 병력을 되돌려 북진시키면, 남부 전선까지 엉망이 되면서 꼬일 가능성이 있었기 때문이다.

여기서 지옥과도 같은 제로섬 게임이 시작됐다.

끝없이 밀려오는 몬스터들을 죽이는 그 시간 동안, 드래곤에게 노출된 인간들의 땅이 초토화됐다.

드래곤 하나가 아닌 셋을 상대하는 것은 왕국 단위의 전력으로는 쉽지 않은 일.

아차 하는 사이에 왕국 하나의 전력이 쓸려 나갔다.

드래곤들이 대상을 특정하는 것은 어렵지 않은 일이었다.

왕국이라면 왕성과 그 일대, 그리고 주요 군사 시설과 군용 텔레포트 마법진을 타격하면 됐기 때문이다.

이번 전쟁에서 사실 가장 안전지대로 여겨졌던 스칸디나 왕국의 수도가 불바다가 되고, 그 전화(戰火)의 소용돌이 속에서 왕과 왕자가 죽었다.

비보를 전해 들은 메디우스가 북쪽으로 병력을 돌릴 것에 대한 고민을 하기도 했지만, 나는 그런 메디우스의 고민을 붙잡아 주었다.

만약 북쪽으로 향했는데 드래곤들이 게릴라전으로 전황을 바꾼다면?

그때는 남쪽이 쑥대밭이 된다.

상대는 드래곤이지만, 이름 그대로의 고결함에 충실하여 적들을 기다려 주는 그런 드래곤들이 아니었다.

전략적으로 여우처럼 움직이는 그들이었다.

그렇다면 선택지를 지우는 작업을 하는 것이 나았다.

몇몇 회의론적인 시각들이 있었지만, 나는 냉정한 상황 판단과 설득으로 그들의 의견을 돌렸다.

세 개의 선택지 중 해적이라는 선택지가 사라졌다.

그리고 몬스터라는 선택지마저 사라지게 되면, 그때는 정말 드래곤만이 남게 된다.

이 대륙에 존재하는 모든 전력을 세 드래곤에게 집중시킬 수 있게 되는 것이다.

'지극히 비인간적이고 계산적인 논리.'

나는 내 자신의 판단을 그렇게 자평했다.

비정하다 못해 아예 삶이라는 것을 중요한 가치로 보지 않는 아주 단순한 논리.

그래서 이 세계의 사람들에게는 환영받을 수 없는 논리로 총대를 메었고, 설득은 먹혔다.

황성을 경비하는 친위대를 제외한 황성의 모든 정규군들과 각 영지의 영지군까지 총동원된 남벌(南伐)이 시작됐다.

　"헬 파이어."

　쿠아아아아아— 화르르르륵!

　끼혜에엑! 끼헥! 끼에에에엑!

　지옥의 불길이 휩쓸고 지나간 자리에 남은 것은 열화와 그 열화에 녹아버린 몬스터의 시체가 전부였다.

　후방에서 정규군이 앞선의 몬스터들부터 차례대로 정리하는 동안, 나는 아예 전장의 한가운데로 들어왔다.

　스페디스 제국은 전략적으로 보가트 요새 인근의 영지 다섯 곳을 포기했다.

　여기서 포기라는 말은 몬스터들에게 내어준다는 개념이 아니라, 경우에 따라서는 도시 전체를 불태워도 용인하겠다는 의미다.

　다행히 인근은 군사적인 목적으로 설계된 영지였고, 거주민들이 영지에 기반한 생계형이 아닌 군인들과 그들과 연계된 가족들이 많았다.

　그들에게는 이후에 더 요지로서 활용할 수 있는 영지의 거처를 보급하면 됐고, 그 이외의 상인들이나 거주민들의 손실에 대해서는 국고로 보충한다는 계획을 세웠다.

전시행정이라 빈틈이 많았지만, 기본적인 보상 및 대책은 수립이 됐으니 결정과 추진 자체는 빨랐다.

"소모품."

나는 내가 딛고 선 산속의 돌출점.

그 앞과 뒤로 펼쳐진 수많은 몬스터들의 향연을 보고는 아주 간단하게 이 단어를 떠올렸다.

앞서 비극적인 운명을 맞이한 블랙 오크들과 지금 이 수많은 몬스터들은 몇몇 드래곤에 의해 소모품처럼 전장에 버려지고 있다.

인간에 대한 증오, 그것 하나만으로 기계처럼 프로그래밍된 채 사지로 향하고 있는 것이다.

하지만 그 시점을 내 시점으로 가져오면 비슷한 상황이 만들어진다. 나라고 해서 깨끗한 것도 아니었다.

나 역시 이 대륙의 운명과 주변의 모든 것들을 소모품처럼 소비해 가며 최종 목표를 향해 나아가고 있었으니까.

"내가 지금까지 해 온 일들을 만약에 심판받을 기회가 생긴다면, 그리고 정말 천국과 지옥이 존재한다면…….
나는 지옥행 티켓 1순위지."

자신 있게 말할 수 있었다.

마지막 삶은 내가 그동안 살아온 삶 중에서 가장 완벽하게 선(善)으로 위장한 악(惡)의 삶이었다.

마치 대륙의 운명과 미래를 짊어진 것처럼 움직이고 있지만, 실상은 내 목적을 위해 모든 운명의 교차점을 빨아들이고 있다.

지금도 이 몬스터들과 싸우며 흩뿌려지는 병사들의 피는 내게 큰 의미가 없었다.

그저 사라졌을 뿐이다. 몬스터를 처리하기 위한, 마치 게임 속의 유닛(Unit)처럼.

많은 사람들이 그토록 소중하게 생각하는 목숨이 나에게는 소중하지 않다는 것. 그 공허함이 잠시나마 내 머릿속을 복잡하게 만들었다.

"결국 결론은 이건가?"

이런 생각을 처음 해본 것은 아니다.

매번의 삶마다 나는 그 삶의 의미, 그리고 삶이 가져다주는 고민거리들을 늘 생각했다.

아주 철학적인 '삶이란 무엇인가?' 부터 시작해서, '나는 도대체 어떤 존재인가?' 하는 질문까지.

하지만 그때마다 결론에 도달한 것은 늘 같았다.

꼭 정해진 답을 누군가가 내 머릿속에 심어놓은 것처럼.

"내가 없는 삶은 내게 아무런 의미도 없었다. 내가 행복할 수 없다면, 그건 올바른 삶도 아니다."

항상 결론은 이러했다.

결국에는 나를 생각했다.

누군가를 위해 희생할 생각이었으면 이렇게 치열하게 100번의 삶을 반복하지도 않았을 테니까.

이런 나를 이기적이라고 손가락할지도 모르겠지만, 글쎄. 천여 년을 반복한 내 삶의 비밀을 안다면 어느 누구도 손을 올릴 생각조차 하지 못할 것이다.

지잉. 지이잉. 지잉.

생각을 정리한 나는 바로 텔레포트 마법을 캐스팅했다.

뛰어놀 전장은 이미 사방에 널려 있다.

남은 것은 신나게 뛰어놀아 보는 것.

오로지 나, 나만을 생각하며 달려 나가는 것. 그것뿐이었다.

*　　　*　　　*

꾸헤에에엑! 끼헤에에엑! 우에에에엑!

문자로 형용하기 힘든 괴성을 토해내는 몬스터들이 나를 향해 일제히 달려들었다.

주변에 인간이라고는 하나도 없는 자신들만의 영역 안에 인간 마법사 하나가 들어오자, 몬스터들은 발정 난 수컷처럼 울부짖고 나를 향해 군침을 흘렸다.

하지만 그것도 잠시.

거대한 불길이 나를 중심으로 사방으로 치솟자, 방금 전까지 괴성을 터뜨리던 몬스터들이 일제히 아이스크림처럼 녹아 사라졌다. 증발한 것이다.

9클래스의 마법사가 만들어내는 파이어 월은 단순히 불의 장벽이 아니었다.

불의 장벽에 다가서는 모든 것들을 녹여 버리는 용광로와도 같았다.

끼엑! 쫘악!

본능적으로 죽음에 대한 두려움을 감지한 몬스터들은 멈추려고 했지만, 뒤에서 밀려오는 동족들은 전방의 상황을 제대로 인지하지 못했다.

밀리고 밀리면서, 완벽한 타의로 몬스터들이 계속 불길에 타올라 사라졌다.

비명을 내지를 새도 없이, 마치 펄펄 끓는 뜨거운 물에 들어간 얼음처럼 순식간에 사라졌다.

"라이트닝 스트라이크!"

손끝을 떠난 거대한 전류의 파장이 부채꼴 모양으로 퍼

져 나가자, 전류의 끈이 이어지고 이어지며 동시에 수 백 마리의 몬스터들이 고압의 전류에 몸을 부르르 떨었다.

항마력이 좋기로 유명한 오우거의 두꺼운 외피도 살점을 비집고 들어와 내장을 뒤흔드는 전류에는 답이 없었다.

여기저기서 오우거들이 눈을 까뒤집고 쓰러졌고, 쓰러진 오우거들의 시체가 이동을 방해하는 거대한 장벽이 됐다.

대열이 흐트러지자, 더더욱 나에 대한 몬스터들의 시선이 집중됐다.

지이이잉. 지이이잉.

나는 이 많은 몬스터들을 충분히 쉽게 처리할 수 있는 하이클래스의 마법들이 있었지만, 지금만큼은 양손에 만들어낸 마나 건틀릿에 놈들과의 마지막 전투의 흔적, 기억을 남기고 싶다는 생각이 들었다.

"덤벼라. 죽고 싶은 놈부터 먼저 보내주마."

쿠와아아아아악!

내 말에 가장 먼저 화답한 누군가가 있었다.

그리고 굵은 땀이 흐르고, 걸쭉한 피가 하늘로 솟구치는 난타전이 시작됐다.

스페디스 제국과 마도국 자르가드의 공세가 더욱 강해지면서, 드래곤들은 저마다 쉽게 상대할 수 있는 타깃을 정해 나뉘어 움직였다.

세 드래곤은 뭉쳐 다니지 않았고, 각각 방어가 취약한 국가와 영지를 노렸다.

애초에 예상했던 것처럼 제아무리 고도로 훈련된 전투 마법사단, 기사단이라고 하더라도 드래곤이 나타날 지점을 미리 예측하고 대기하는 것은 불가능했다.

그러다 보니 드래곤들이 나타나면 후속 대응으로 텔레포트 마법진을 이용해 이동하는 식으로 대응을 했는데, 여기서 인지하고 있었던 문제점들이 수면으로 드러나기 시작했다.

드래곤의 게릴라전.

작정하고 모습을 숨기면 쫓는 것이 쉽지 않은 드래곤들이 게릴라전의 형태로 공격을 퍼붓자, 피해를 입는 영지들이 속출하기 시작했다.

드래곤들은 영리했다.

무차별적으로 아무 건물이나 공격을 하는 것이 아니라, 각 영지에 위치한 영주 성과 군사 훈련 시설, 군용 텔레포트 마법진만을 노렸다.

그리고 소기의 목적을 달성하면 다른 곳으로 이동했다.

드래곤들은 집요하리만치 그 영지의 핵심 시설과 핵심 인물, 즉 영주나 대영주를 노렸기 때문에 상당한 공포감을 유발했다.

일단 한 번 드래곤의 타겟으로 찍히면 살아남을 수가 없기 때문이다.

그런 탓인지 드래곤과의 전쟁에 대해 중립이거나 회의 적이었던 영주들이 대거 도망치기 시작했다.

특히나 자신의 주변 영지들에서 이런 비보를 접한 영주 들은 앞을 다투어 도망쳤다.

통솔할 지휘관, 사령관이 사라진 영주의 병사들과 백성 들이 온전할 리 만무했다.

두려움과 공포감은 순식간에 전염병처럼 각지로 펴져 나갔고, 대륙 북쪽의 두 왕국은 그야말로 피난을 떠나는 백성들로 인산인해를 이루었다.

드래곤들은 인간들에게 두려움을 더 유발할 생각이었 는지, 그 피난 행렬을 노렸다.

전멸(全滅).

그 단어 하나만으로도 온몸을 부르르 떨게 만드는 일이 실제로 벌어졌다.

산을 넘어 다른 안전지대로 피난하던 수만의 피난민 행렬이 드래곤을 만난 것이다.

그리고 단 몇 분 만에 내가 몬스터들을 순식간에 녹여 없앴듯, 피난민들의 99% 이상이 드래곤들이 무차별적으로 난사한 마법에 목숨을 잃었다.

살기 위해 발버둥 쳤지만, 드래곤들의 마법에 자비는 없었다.

1%는 정말 하늘의 도움으로 운 좋게 살아난 것이었을 뿐, 대부분이 죽었다.

지옥은 북쪽에서 드래곤에 의해, 남쪽에서 인간들에 의해 만들어지고 있었다.

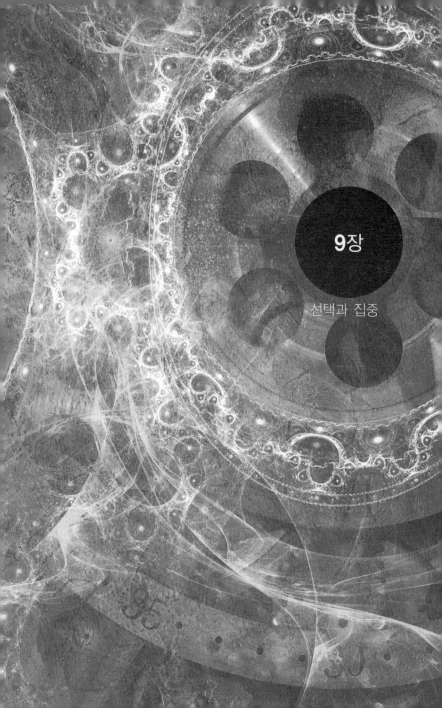

9장

선택과 집중

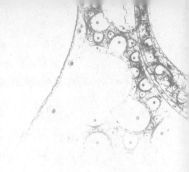

　대륙의 북쪽이 전화에 휩싸이고, 몬스터들이 겁에 질려 패퇴하기 시작했을 즈음.

　침묵을 유지하고 있던 존재들이 움직이기 시작했다. 바로 엘프들이었다.

　드래곤 일족과 모종의 거래가 있었는지, 혹은 더 이상은 두고만 볼 수 없다고 생각한 것인지는 알 수 없다.

　하지만 엘프들이 자신들의 영역을 박차고 나와 몬스터들의 후방을 대대적으로 공격하면서, 전황은 급변하기 시작했다.

앞서 조율이 된 대로 드래곤 일족은 침묵했다.

그들은 인간들의 영역, 아니 그 근처에 위치한 레어 에서도 모습을 보이지 않았다. 마치 이 폭풍이 지나가길 기다리려는 것 같아 보였다.

하루에도 몇 개의 도시가 불바다가 됐지만, 스페디스 제국군과 자르가드 군은 몬스터들의 소탕에 전력을 다했다.

한쪽의 문제를 해결하지 않고 다른 쪽으로 병력을 나눌 수는 없다는 양국 군부의 확고한 방침 때문이었다.

당연히 반발은 있었다. 반발의 주도층은 드래곤의 공격으로 큰 피해를 입은 국가였다.

그들은 하루에도 몇 번씩 지원군을 요청했지만, 가장 굵직한 덩어리로 움직여야 할 두 국가가 묵묵부답이니 죽을 맛이었다.

하지만 그렇다고 해서 드래곤에게 항복을 한다거나 나라를 통째로 포기한다거나 하는 일은 있을 수 없는 일.

그래서 결국 버티고, 버텨야만 했다. 강제된 운명이기도 했다.

이러한 선택, 그리고 집중은 효과가 있었다.

계속된 공세와 엘프들의 합류와 더불어 정말 끝도 보이지 않을 것 같던 몬스터들의 최후가 보이기 시작했기 때문이다.

대지에 수많은 병사들의 피가 흩뿌려졌지만, 몬스터들은 거의 씨가 마르다시피 했다.

몬스터들과의 전투.

그리고 북쪽 전선에서의 일방적인 패배.

이 과정에서 각국이 핵심 전력으로 분류했던 고급 전력의 4할이 사라졌다.

몬스터들을 거의 절멸시키다시피 하고 얻은 결과물이었다.

세 개의 왕국, 그리고 아홉 개의 공국의 초토화.

선택과 집중의 대가가 결코 적지는 않았다.

대륙의 북쪽은 거의 붉게 물들다시피 했다.

드래곤을 맞상대할 수 있는 전력은 남쪽으로 전부 내려가 있었고, 그저 사람의 발길에 짓밟히는 개미굴처럼 철저하게 파괴당했다.

하지만 몬스터들과의 전쟁이 종언(終焉)을 고하는 순간, 끝없는 절망으로 치닫던 사람들의 마음속에 한 줄기 희망의 꽃이 피어올랐다.

* * *

[우리는 오늘 밤 이후, 마지막 사냥을 시작합니다. 세상

그 누구에게도 환영받지 못하는 악마, 그들은 더 이상 두 다리를 뻗고 대륙의 그 어디도 마음 놓고 활보할 수 없을 것입니다.]

스페디스 제국의 황성 앞 대광장에서 이루어진 메디우스의 명연설을 시작으로, 드래곤에 대한 집중적인 추적이 시작됐다.

알로스, 마테이라, 바르카.

각각의 드래곤의 생김새와 외형, 폴리모프 상태의 특징들이 대륙 전역에 공개됐다.

드래곤의 맹공 속에서도 끊임없이 전장 안에서 정보를 수집했던 마법사들이 있었고, 그들이 목숨으로 얻어낸 귀한 정보가 모두에게 알려졌다.

아울러 나와 아이거가 진행했던 마나 간섭 작업도 탄력을 받아 대륙 전역에서 펼쳐졌다.

디펜스 라인(Defence Line).

마법사들은 간섭 작업이 이뤄진 거대한 산 능선의 긴 영역을 그렇게 불렀다.

이 라인 근처에서는 드래곤들이 마음 놓고 이동 마법을 전개할 수 없기에 어느 정도 그들의 움직임이 예측 가능해지기 때문이다.

드래곤이기에 가질 수 있는 신출귀몰함이 사라진다는 것, 그것은 분명 드래곤에게는 큰 타격이었다.

그렇게 준비가 차근차근 진행되기 시작할 무렵, 갑자기 드래곤 셋 중 둘의 행방이 묘연해졌다.

사라진 것은 마테이라와 바르카였다.

알로스는 대륙 북쪽을 중심으로 시계 방향으로 움직이는 동선을 그렸는데, 그래서 다음 공격지로 예측되는 곳에 다수의 전투 마법사단이 파견되어 있었다.

그 시점에 나와 메디우스, 아이거는 거의 동시라고 해도 무방할 정도로 같은 의견을 냈다.

'반전을 위해, 드래곤들이 예리하게 파고들 다음 수를 짜고 있다.'

몬스터들을 제거하며 기세가 크게 오른 인간들의 예기(銳氣)를 꺾고, 터닝 포인트를 만들 수 있는 방법은 무엇일까.

우리는 가장 뻔한 방법부터 가장 기발할지도 모르는 방법까지 모든 경우의 수를 생각했다.

그리고 결정을 내렸다.

동시에 그 결정이 드래곤들에게 더 큰 미끼가 될 수 있도록 맛깔나게 포장하는 방법을 생각했다.

상대가 드래곤이기에, 때로는 자만과 오만에 빠질 수도

있는 존재이기에 시도해 볼 수 있는, 위험하지만 예리한 한 수였다.

결정이 내려진 직후.

스페디스 제국의 수도를 출발한 다수의 기사단과 메디우스를 위시한 전투 마법사단이 일제히 대륙 북동쪽으로 향했다.

때마침 알로스가 공격에 나섰다는 정보가 입수됐기 때문이다.

그렇게 한바탕 대규모 이동이 일어난 뒤.

황도는 조용해졌다.

마치 아무 일도 없었던 것처럼, 주변에 대한 경계도, 준비도 늘 그랬듯이 똑같았다.

콰아아아아. 과아아아아.

하지만 바로 그때, 황도의 백성들은 난생처음으로 드래곤들이 포효하는 소리를 들을 수 있었다.

바로 마테이라와 바르카가 스페디스 제국의 황도 상공에 보란 듯이 모습을 드러낸 것이다.

*   *   *

"세상에서 가장 비싼 장사를 이야기하라면, 주저 없이

오늘을 이야기할 수 있겠군."

"몰이가 통할까?"

"드래곤은 무적이 아니다."

상공에 드래곤 둘이 모습을 드러내는 순간, 나와 아이거는 바로 텔레포트 마법을 활성화했다.

이 상황을 드래곤들이 먼저 생각했을지는 몰라도, 의도적으로 우리가 키운 것이었다.

나는 어떤 형태로든, 전략적으로 의미가 있는 스페디스 제국의 황도를 반드시 드래곤들이 노릴 것이라 예상했다.

그것을 예상하고 대비하는 모습을 보여주는 것은 하책(下策)이다.

그래서 여기에 나는 살을 붙이자고 제안했다.

알로스에게 집중하기 위해 자연스럽게 황도를 빠져나와, 전장으로 향하는 모습을 노출시키기로 한 것이다.

동선도 바로 텔레포트 마법진을 이용해 이동한 것이 아니라, 이웃 영지에 있는 텔레포트 마법진을 이용하도록 했다.

핵심 전력이 빠져나간 황도.

이때다 싶었는지 마테이라와 바르카는 모습을 드러냈다.

하지만 이미 사전 준비 과정에서 황성 내에 있는 다수

의 백성들이 은밀히 대피하거나 지하 수로로 숨고, 주요 방어 시설들은 은폐됐다.

뿐만 아니라 황실과 황족의 거주지도 바뀌었다.

메디우스는 황도 남부에 위치한 별궁에서 모두가 있도록 했고, 황성 자체를 드래곤과의 전투를 위한 무대로 쓰기로 했다.

그 과정에서 의도적인 거짓말도 들어갔지만, 어느 누구도 이를 문제 삼지는 않았다.

메디우스는 훗날 황성을 통째로 전장으로 삼아, 불바다로 만든 책임을 자신에게 묻는 일이 생긴다면… 목을 내어놓겠노라 다짐했다.

물론 그럴 일은 없겠지만, 그런 메디우스의 결연한 의지는 기사와 마법사들에게 더 많은 힘을 실어주었다.

황성을 건 도박수.

이쯤 되면 드래곤들의 예상 범주 밖의 일이었을 터다.

그래서인지 놈들은 아주 자신 있게 황도에 본신 그대로의 모습을 드러냈다.

그리고 그 순간, 황성 전역에서 신호탄이 솟아올랐다.

동시에 북동진하는 듯했던, 메디우스의 본대도 바로 황성으로 방향을 돌렸다.

두 드래곤에 대한 몰이사냥이 시작되는 순간이었다.

*　　　*　　　*

전투 마법사단은 전략적으로 움직였다.

막을 수 없는 불가항력의 파괴적인 힘.

드래곤 브레스는 피했다. 맞서려 하지도 않았고, 전조가 보이면 미련 없이 전장을 이탈했다.

물론 두 블랙 드래곤이 내뿜은 브레스가 지면을 훑고 지나갈 때면, 그 자리는 생명의 흔적이라고는 아무것도 남지 않은 죽음의 대지가 되었다.

그렇게 브레스가 만들어 낸 한 줄기 폭풍이 지나고 나면, 마법사들은 집요하게 드래곤들을 공격했다.

각자 산과 건물 사이, 언덕 등에 자리를 잡고 광범위하게 퍼져서 마법 공격을 퍼부었다.

마법사들이 한데 모여 있지 않았기 때문에 드래곤 입장에서는 하나하나 노리는 형태로 마법을 전개해야 했는데, 일대다의 전투에서는 매우 비효율적인 방법이었다.

여기서 그동안 보이지 않게 매서운 검끝을 갈아왔던 기사단들의 맹공도 시작됐다.

아직 불완전하지만, 개발 및 시운전 단계였던 비공정류에 대한 투입도 시작된 것이다.

여기서 나는 그동안의 삶에서 보지 못했던 것을 보았다.

비공정의 등장은 앞서의 삶에서는 없었던 일이었다.

이렇게 대륙 전체 단위로 드래곤과 싸워본 적이 없었기 때문이다. 혹은 그 전에 내가 죽었거나.

그 모습은 가히 장관이었다.

물리적인 거리의 차이로 인해 쉽게 드래곤들을 노릴 수 없는 기사들이 비공정류를 이용해 최대한 드래곤들에게 가까이 접근했고, 맹렬히 공격을 가했다.

드래곤의 공격으로 추락이 불가피해질 경우에는 각자가 보유한 플라잉 마법 스크롤을 이용해, 추락으로 비명횡사하는 일이 없도록 했다.

기사단들의 목적은 단 하나.

어떻게든 드래곤의 외피에 상처를 입혀, 빈틈을 만드는 것이다.

드래곤의 외피도 상당히 단단하기 때문에 물리적인 공격에 어느 정도 내성이 있으며, 로우 클래스의 마법에도 강한 면모를 보인다.

하지만 외피가 약해지게 되면, 충분히 무시할 수 있었던 공격들이 뼈가 아프게 몸에 박히기 시작한다.

그리고 상대의 클래스가 높아질수록, 더 많은 빈틈이 생기게 된다.

사실 그래서 기사단들은 소모품에 가까웠다.

오러 블레이드를 자유자재로 구사할 수 있는 마스터급의 기사들은 이번 전투에는 참여하지 않았다.

대륙에 총 세 명이 존재하는 마스터급의 기사들은 알로스와의 전투에 투입되어 있었기 때문이다.

콰아아아아아.

맹공이 효과를 발휘하기 시작했다.

황도 상공에서 무차별적으로 공격을 퍼붓던 마테이라와 바르카가 결국 지면으로 내려왔다.

오히려 상공에 있는 것이 더 타깃이 되기가 쉬웠고, 집중된 공격을 버텨내지 못했다.

한 번의 브레스 공격에 적지 않은 마법사들이 죽어 나갔지만, 그 반대급부로 두 드래곤도 상당한 타격을 입었다.

하늘에서 폭죽처럼 비공정류가 드래곤들에 의해 터져 나가면서도 기사들은 기꺼이 드래곤과의 전투를 위해 목숨을 버릴 각오를 했고, 수많은 검날이 드래곤들의 외피를 뚫고 살점에 꽂혔다.

나, 그리고 일찌감치 은밀히 자신의 전투 마법사단을 이끌고 들어와 대기하고 있었던 아이거, 그리고 황도 밖으로 나갔었던 메디우스가 복귀하면서 두 드래곤은 9클래스의 대마법사 셋을 상대해야 하는 상황까지 됐다.

나와 아이거는 지상에서 쉴 새 없이 드래곤을 향해 동선을 가장 방해할 수 있는 광역 타격 형식의 공격 마법을 구사했고, 최대한 힘을 아끼면서 기회를 노렸다.

"사냥 시간이다."

"와아아아아!"

조금은 거만하게 들릴지도 모르는 내 한마디였지만, 그 한마디에 마법사들은 열광했다.

세상에 존재하는 인간들은 그 어느 누구도 맞서 볼 엄두조차 내지 못할 것 같았던 드래곤이 몸 여기저기서 피를 흘리며, 난투와 고전의 흔적을 여실히 토해내고 있다.

"오늘 이 자리에서 반드시 전투를 끝낸다!"

"자르가드를 위해, 그대들의 영혼을 불태워 보자!"

나와 아이거는 각자가 통솔하는 전투 마법사단을 독려했다.

그리고 처음이자 마지막이 될, 마테이라와 바르카와의 만남을 위해 전력 질주하기 시작했다.

기회는 자주 오지 않는다.

한 번 찾아온 기회를 확실하게 내 것으로 만드는 것.

그것이 운명을 만들어가는 자의 몫이다.

                    *   *   *

　인간이, 드래곤을, 사냥한다.

　그 말이 어울릴 수 있으리라고 생각하는 사람은 많지
않을 것이다. 이유는 간단하다.

　언제나 드래곤은 포식자의 위치에서 인간을 상대해 왔
기 때문이다.

　포식자가 피포식자에게 사냥을 당한다는 것은 있을 수
없는 일.

　이는 마치 사슴들이 호랑이나 사자를 사냥한다고 하는
것과 같은 이치다.

　하지만 지금 눈앞에서 펼쳐지고 있는 광경은 분명 '사
냥' 의 현장이었다.

　집요하게 한쪽으로 몰고, 그 와중에도 끊임없이 괴롭힌
다.

　하늘을 수놓고 있는 것은 백마법과 흑마법의 조화로운
향연이었다. 쉽게 벌어질 수 없는 일들의 연속이었다.

　맹공에 체공(滯空)이 불가능해진 드래곤들은 지면으로
내려왔다.

　그리고 성난 브레스의 불길을 사방으로 쏟아냈다.

누군가에게는 소중한 부모이자, 자식이자, 배우자일 마법사와 기사들이 브레스가 터져 나올 때마다 한 줌의 재로 화하여 사라졌다.

하지만 피해가 많지는 않았다.

조직적으로 산개한 마법사들은 정말 혀를 내두르게 할 정도로 드래곤들을 괴롭혔고, 비록 자신이 죽어 없어질지 언정 끝까지 공격을 퍼부었다.

나는 마테이라를, 아이거는 바르카를 맡았다.

누군가의 목숨을 소중히 여기지는 않더라도, 그 목숨이 의미 없게 버려지지 않도록 해야 할 의무가 내게는 있었다.

나는 홀연히 검을 들고 마테이라의 등 뒤에서 달려드는 기사 둘의 공격을 보조하기 위해, 바로 지옥의 불길을 양손 위로 만들어 냈다.

"크으으으……! 인간."

마테이라의 시선와 나와 정면으로 마주쳤다.

등 뒤의 위협을 마테이라도 인지하고 있었지만, 그는 쉽게 뒤를 돌아보지 못했다.

이미 피부 여기저기에 찢어진 상처들이 가득했고, 그 상처들에서는 쉴 새 없이 피가 쏟아지고 있는 상황이었다.

후우우웅, 퍼억!

"끄아아악!"

달려들던 기사 둘 중 하나가 마테이라의 꼬리에 목을 그대로 타격당하고는 고꾸라졌다.

워낙에 강한 힘으로 내려친 일격이었기에 이마가 그대로 지면과 부딪혔고, 즉사했다.

"하아아압!"

하지만 다른 기사의 공격은 적중했다.

익스퍼트급의 기사로 보이는 그는 오러 블레이드의 기운을 약간이나마 머금은 검을 시원하게 마테이라의 하체에 밀어 넣었다.

콰아아아아—

드래곤의 신음 소리가 터져 나오고.

내가 이어서 장단을 맞춰 헬 파이어를 전개했다.

화르르르특!

후웅!

지옥의 거센 불길이 순식간에 압도해오자, 마테이라가 다시 하늘로 날아올랐다.

아무리 궁지에 몰린 드래곤이라고 해도, 바보가 아닌 이상 이런 공격을 정직하게 받아주지는 않는다.

하지만 중요한 것은 다음 움직임을 내가 예측하고 있었

다는 것.

나는 하늘로 날아오르는 마테이라의 정면을 정확하게 노리는 라이트닝 스트라이크를 전개했다.

빠지지지지직!

굵직한 전류의 파장이 솟구치고, 그대로 마테이라의 복부에 충격파가 명중했다.

이것이 바로 움직임이 간파된 드래곤의 약점이다.

원래의 드래곤에게는 7클래스의 마법은 적중이 목적이 아닌 교란이 목적인 마법이지만, 정신없이 휘몰아치는 공격 앞에서는 치명적인 일격도 될 수 있다.

공격에 노출된 마테이라의 날갯짓이 허망하게 허공을 가르고, 그의 몸이 지면으로 한 차례 뚝 떨어졌다.

그 잠깐의 사이에 하늘을 수놓으며 날아온 수많은 마법 구체들이 융단 폭격처럼 마테이라의 등을 난타했고, 비명이 터져 나왔다.

쿠와아아아아!

분노의 브레스 일격.

이번에는 더 길고, 더 강렬했다.

크게 고무되어 다음 공격을 준비하려던 기사와 마법사들이 동시에 한 줌의 재가 되어 사라졌다.

한쪽 길목을 그대로 날려버린 강력한 브레스였기 때문

에, 사상자가 상당했다.

시뻘겋게 변한 마테이라의 눈은 좀 더 광폭해져 가는 자신의 모습을 단적으로 보여주고 있었다.

버서크(Berserk)의 개념은 드래곤에게도 존재한다.

그만큼 더 파괴적인 브레스 공격과 마법 구사가 가능해진다.

반대급부로 더 많은 빈틈과 항마력이 떨어진다는 단점이 있지만, 마테이라는 나름대로의 승부수를 던진 것이었다.

내가 라키시스를 제거할 수 있었던 것은 라키시스는 이미 깊은 부상을 당한 상태였고, 그로 인해 다른 형태로 변할 여지조차 주지 않고 내가 끝을 보았기 때문이다.

하지만 마테이라는 최상의 컨디션을 보유하고 있던 시점에서 전투가 시작됐고, 그로 인해서 아직 몇 차례의 난관이 더 남아 있었다.

"전선을 북쪽으로!"

나는 이미 거의 초토화되다시피 한 황성 남서쪽의 대로를 확인하고는 새로이 지시를 내렸다.

허허벌판이 된 곳 위에서는 당연히 드래곤의 공격에 표적이 되기 쉽다.

애초에 드래곤과의 전투에 '제물'로 쓰기로 했던 무대

라면, 확실하게 쓸 필요가 있다.

지금 이 순간, 황성의 아름다운 광경보다 더 중요한 것은 이 괴물 같은 두 드래곤의 죽음이었으니까.

명령이 떨어지기가 무섭게 신속한 이동이 시작되고.

사방에서 브레스의 열기에 기분 나쁜 냄새를 내며 타오르고 있는 기사, 마법사, 병사들의 시신을 뒤로한 채 우리는 다른 방향으로 전장을 바꾸었다.

*   *   *

장기전에 돌입했다.

마테이라, 바르카와 전투가 벌어지는 동안 별동대로 편성된 마법사단은 황도 주변의 산에 마나 간섭을 유도할 수 있는 마나석들을 신속하게 설치했다.

만약에 드래곤이 전장을 이탈해서 산 쪽으로 도망칠 때를 대비하기 위함이다.

그 과정은 메디우스가 진행했다.

드래곤들이 황성의 전투에서 지나치게 시간을 소비하는 동안, 사전에 몇 번이고 점검해 왔던 거대한 포위망이 만들어졌다.

이제 드래곤들은 텔레포트 마법을 이용해서는 황성 밖

으로 절대 빠져나갈 수 없다.

인간의 모습으로 폴리모프하여 헤이스트 마법을 전개하거나, 거대한 날개를 펄럭이며 직접 날아가는 방법뿐이다.

분명 어느 시점에서는 텔레포트를 시도할 테지만, 교란으로 인해 집중조차 되지 않을 터.

이로써 완벽하게 두 드래곤은 황성 안에 고립됐다.

가시적인 성과를 낸 것은 내 쪽이었다.

집요한 공격 속에 마테이라가 결국 자신의 양쪽 앞다리를 잃고 말았다.

거의 너덜너덜해지다시피 한 양쪽 앞다리는 언제든 떨어져도 이상할 것이 없었다.

게다가 왼쪽 날개에도 깊은 부상을 입어, 날갯짓에 아주 큰 불편을 겪었다.

나는 휘하의 전투 마법사단, 기사들의 공격을 이용하여 마테이라에게 계속 유효타를 넣었다.

이 전투가 만약 나와 마테이라의 일대일 전투였다면, 이런 나의 공격 방식은 재미를 보기 힘들었을 것이다.

하지만 일대다의 전투라는 지금의 상황이 마테이라를 괴롭게 만들었다.

나는 마테이라에게 미끼가 되기도 했다가, 반대로 위협

적인 공격을 가하는 공포의 대상이 되기도 했다.

자칫 잘못하면 내가 죽을 수도 있는 아슬아슬한 상황이었지만, 나는 이 외줄타기를 피하지 않았다.

아니, 어느 순간부터는 즐기고 있었는지도 모른다.

야밤에 시작된 전투는 새벽까지 이어졌다.

4~5시간에 가까운 시간 동안 황성에서는 계속해서 불길이 치솟았다.

단 한 번도 서로의 공격이 멈췄던 적이 없었으며, 그로 인해 황성은 본래의 모습을 기억조차 하지 못할 정도로 불길에 휩싸여 있었다.

모든 전력이 전투에 집중되어 있는 만큼, 화재를 진화하는 것은 백성들의 몫이었다.

한바탕 전투를 치르고 전장이 바뀌고 나면, 그곳으로 사람들이 몰려들어 불을 껐다.

불과 얼마 전까지만 해도 아름다운 황성을 정면에 둔 채 평온한 삶을 살아가던 사람들이었지만, 그들은 눈에 보이는 모든 것이 잿더미가 되었다는 사실에 슬퍼하지는 않았다.

목적이 있는 전쟁이었으니까.

그리고 이 전쟁으로 인해 생긴 피해에 대해서는 언제고 나라의 보상을 받을 수 있다는 약속도 받았기 때문이다.

그것이면 사실 충분한 이야기이기도 했다.

새벽의 밤하늘.

별 하나 반짝이지 않는 새까만 하늘을 배경으로 드래곤의 포효가 울려 퍼졌고, 그때마다 포물선을 그리며 날아드는 마법 구체들이 폭음을 내며 드래곤의 본신을 타격했다.

아직 기동이 가능한 비공정류에 탑승한 기사들은 목숨을 초개(草芥)와 같이 버리며 드래곤을 향해 몸을 날렸다.

그리고 숨이 끊어지는 순간까지 검으로 찢고 찢고, 또 찢었다.

쿠우우웅.

찢어져버린 날개, 더 이상 마테이라는 날 수 없었다.

내가 전개한 헬 파이어 마법 구체가 날개를 관통하면서, 체공 능력을 상실한 것이다.

날지 못하는 드래곤.

그것이 무엇을 의미하는지는 나도, 마테이라도, 그리고 전장에 있는 모두가 잘 알았다.

마테이라에게는 선택이 강제됐다.

자신을 공격하고 있는 모든 이들을 죽이든가, 자신이 죽든가. 이미 한 차례 텔레포트를 시도했던 마테이라가 간섭에 걸리는 바람에 빈틈이 생겼고, 그 과정에서 날개를 잃었기 때문이다.

"이제 너도 끝이다."

크르르르르……

나는 빈말이 아닌 확언을 마테이라를 향해 날렸다.

간밤의 전투에서 수많은 피가 황성에 흩뿌려졌다.

드래곤 하나를 잡기 위해 치른 희생은 결코 적지 않았다.

그렇다면 그 대가를 완벽하게 받아내야만 한다.

그것은 마테이라의 죽음, 이외의 어떤 것으로도 대체할 수 없다.

*　　　*　　　*

그동안 살아왔던 100번의 삶 중에서 가장 완벽하게 드래곤을 제거하기 위해 만들어진 함정.

아직 대륙 북쪽에서 여전히 맹위를 떨치고 있는 알로스가 있기는 했지만, 눈앞에 마테이라의 최후가 눈에 보이기 시작하니 더욱 힘이 났다.

저 멀리 언덕 너머로 보이는 바르카의 상태도 좋아 보이진 않았다.

게다가 그쪽으로는 메디우스가 붙어, 9클래스의 마법사

가 둘이었다.

황성을 미끼 삼아 설계된 이 '비싼 함정'은 값어치를 확실하게 했다, 드래곤들은 그물 속으로 들어온 물고기처럼 나갈 길을 찾지 못했고, 이내 모든 것을 내려놓은 채 전투에 집중했다.

그리고 서서히 조여 오는 포위망 속에서 상처를 입기 시작했다.

제아무리 최고의 존재라 불리는 드래곤도 결국 심장이 뛰지 못하면 죽는 존재.

기사와 마법사들은 드래곤도 육신으로 이루어진 피조물임을 전투를 통해 느꼈는지, 전투가 길어질수록 더욱 힘을 냈다.

푸욱― 푸욱― 푸욱―

마테이라가 거친 콧김을 뿜어냈다.

몸 여기저기서 과도하게 피를 흘린 마테이라의 상태는 좋지 못했다.

온 힘을 다해 뿜어내던 브레스의 강도가 눈에 띄게 약해졌고, 공격에 노출되는 빈도가 늘었다.

그리고 공중, 지상을 가리지 않고 계속해서 위치를 조정하며 빈틈을 노리는 내 공격에는 거의 무방비 상태로 피격을 당했다.

"……."

나는 피인지 눈물인지 모를 것을 흘려내고 있는 마테이라와 그 뒤로 펼쳐진 광경들을 한눈에 담았다.

이 드래곤 하나를 죽이기 위해, 간밤에 네 자릿수가 넘는 사람의 목숨이 사라졌다.

단 하나 때문에.

하지만 한편으로는 이런 생각도 들었다.

나로 인해 죽은 사람은 얼마나 되는가?

내가 존재한다는 이유 그 하나만으로 목숨을 잃어야만 했던 운명들은 얼마나 될 것인가?

마지막 삶, 그리고 그 삶의 종막을 향해 가고 있기 때문일까?

과거의 삶에서는 느끼거나 생각하지 못했던 많은 사실들을 나는 떠올리게 됐다.

그리고 그 생각들은 이유를 불문하고, 언제든 찾아왔다.

마치 마지막 유언을 남기기 전, 과거를 회상하는 사람처럼.

"이제 끝으로 간다."

누군가가 듣기를 바라서 한 말은 아니었다.

내게 한 말이었을 것이다.

나는 양손에서 뜨겁게 타오르는 마법 구체를 응시한 채, 거칠게 숨을 몰아쉬고 있는 마테이라에게로 향했다.

악연이 이렇게 또 하나가 정리가 된다.

네 명의 목표물 중 하나가 먼저 죽었고, 이제 하나가 죽을 예정이며, 저 너머에서 하나가 죽어가고 있다.

끝을 향한 발걸음.

나는 머릿속을 복잡하게 다시 메우려고 하는 사념들을 털어내고, 마테이라의 숨통을 끊기 위해 전진했다.

블랙 드래곤.

더 이상 내게 드래곤은 다가갈 수 없는 영원불멸의 고귀한 존재가 아니다.

10장

마지막 사냥

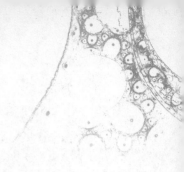

화아아악.

거대한 불길이 마테이라를 향해 날아갔다.

이미 힘이 빠질 대로 빠져버린 마테이라는 자신을 향해 날아드는 죽음의 불꽃 앞에서도 제대로 몸조차 가누지 못한 채, 망연자실한 표정으로 응시하고 있었다.

모든 것을 포기한 듯한 마테이라의 눈빛에 미련은 없어 보였다.

다만 그런 눈빛이 내게 어떤 동정이나 연민의 감정을 불러일으키지는 않았다.

쿠우우우웅—

엄청난 열기와 함께 하늘 높이 치솟은 검은 연기가 한 드래곤의 죽음을 알린다.

몸에 정면으로 헬 파이어를 피격당한 마테이라는 그 자리에서 즉사했다.

드래곤의 육신도 인간이나 동물과 다를 것이 없어서, 불길에 타오르자 노린내가 났다.

신에 가까운 존재, 고결한 존재로 불리는 드래곤도 결국 숨이 끊어진 육신은 다른 피조물들과 별반 다를 바가 없다. 적어도 내 눈에는 그렇게 보였다.

"와아아! 드래곤, 드래곤이 죽었다!"

"스페디스 제국 만세! 레논 만세!"

누가 먼저랄 것도 없이 환호성이 터져 나왔다.

그중에는 나를 향해 찬사를 보내는 마법사와 기사들도 있었다.

이런 명예나 환호는 사실 내게는 아무런 감흥도 되지 않는 것이지만, 그들이 환호하는 모습을 보니 큰 산을 하나 넘었다는 생각은 들었다.

그렇게 마테이라가 앞서 목숨을 잃은 라키시스의 뒤를 따랐다.

이제 남은 것은 바르카와 알로스다.

＊　　　＊　　　＊

황성 북부에서 벌어진 메디우스, 아이거의 부대와 바르카의 전투 역시 내 쪽과 크게 다를 것 없이 끝이 났다.

차이가 있었다면 좀 더 많은 시간과 인력이 소모되었고, 피해도 생각보다는 많았다는 것.

전투 마법사단과 전투 기사단이 가장 큰 피해를 입은 드래곤의 공격 방식은 역시 브레스였다.

사실 인간들이 드래곤과의 전쟁에서 가장 두려워하는 것이기도 했다.

브레스는 쉽게 비유를 하자면 뜨거운 마그마를 담을 수 있는 어떤 물총이 있다고 가정했을 때, 그 마그마를 일직선으로 쭉 쏘아내는 것과 비슷했다.

순식간에 지면을 훑고 지나갈뿐더러, 그 자체의 엄청난 열기 때문에 닿는 모든 것이 타거나 녹아 없어진다.

건물은 경우에 따라서 형체라도 보존이 되지만, 나약한 인체는 브레스를 정통으로 맞으면 흔적조차 남지 못했다.

그래서 브레스에 의해 목숨을 잃은 자들은 신원을 파악하는 것이 대단히 어려웠다.

거대한 전장이 된 황성 이곳저곳에는 이렇게 신원을 파악하기 힘든 시신들이 많았다.

몸의 절반이 사라진 정도는 차라리 약과였다.

이런 경우에는 안에 입고 있던 속옷 따위나 국가에서 지급하는 신발 안에 부착되어 있는 개인 식별 표시를 통해 확인할 수 있었다.

하지만 다리 한쪽만 남거나, 혹은 손 하나만 남거나 이런 식으로 아예 지워지다시피 한 기사, 마법사에 대해서는 사실상 전후 소집에서 보이지 않는 것으로 사망을 미루어 짐작할 뿐이었다.

스페디스 제국의 황도를 통째로 미끼 삼아 두 드래곤을 유인한 전쟁은 성공으로 끝이 났다.

그 대가가 가볍지는 않았지만, 스페디스 제국은 공식적으로는 넷의 블랙 드래곤 중 세 드래곤을 제거한 명실상부한 '드래곤 슬레이어'의 국가가 됐다.

이는 명예로운 일이기도 했다.

인간이 신처럼 여기는 존재, 드래곤과 싸워 이겼다는 증거는 수백, 아니 수천수만 년을 갈 것이기에.

블랙 드래곤 일족은 라키시스, 마테이라, 바르카, 알로스라는 일족의 '이단아'들에 대해서 그 어떤 요구도 하지 않기로 일찌감치 통보해 왔다.

즉, 이들의 시신을 박제를 하든, 박물관에 전시를 하든, 마법공학의 연구용 재료로 쓰든 상관 없다는 뜻이다.

아마 세 드래곤의 시신은 어떻게든 스페디스 제국의 명예를 드높이고, 그 업적을 기리는 데 사용될 터.

그 안에는 내 이름도 포함되겠지만, 언젠가 과거가 될 그 이름에는 관심이 없다. 참 우스운 일이다.

이 세계의 사람들이 가장 영예로이 여기는 것들이 내게는 한낱 의미가 없는 잔재가 될 뿐인 것들이라니.

이번 삶만큼은 정말 수많은 감정이 교차하고, 또 극도로 무디어진 내 감정을 느끼게 된다.

100번의 삶을 반복해서 살고 있는 나라는 존재, 그 자체가 이미 정상적인 것이 아니었기에.

*   *   *

"이제 알로스 하나만이 남았군. 사실상 가장 큰 산이긴 하지만 말이야. 감회가 새롭겠는데."

"아직 전쟁은 끝나지 않았어. 끝까지 가봐야지."

"만약 알로스가 죽으면, 그 순간 네 삶도 끝나는 건가?"

"지금의 상황으로는 그렇게 되겠지."

"그러면 북쪽으로 떠나기 전, 필요한 작별 인사는 모두 에게 해두는 것도 좋겠군."

"그게 그렇게 되는 건가."

"하긴, 네게 가족이나 연인이나 동료들은 큰 의미가 없을지도 모르겠군. 아직 끝나지도 않은 일을 가정하는 건 어리석은 일이지만, 만약 네가 사라진다면 네 몸은 어떻게 되는 거지?"

"원래 몸의 주인이 죽었기 때문에, 당연히 레논의 몸도 죽게 되겠지. 내가 이 세상에 존재하지 않게 될 테니까."

"대마법사 레논은 죽고, 다른 세상의 네가 살아난다… 참 짓궂은 상황이로군. 내 비밀을 알고 있는 유일한 사람이 사라지는 것이기도 하니까 말이야."

내 말에 아이거는 다양한 감정이 교차하는 듯, 묘한 표정을 지었다.

그와 나는 서로에 대해 남김 없이 모든 것을 알고 있는 특별한 관계다.

처음 그와 조우했을 때만 하더라도, 이런 사이가 될 것이라고는 생각하지 못했다.

그저 덫을 짜놓고, 힘을 취하고, 그렇게 이용만 하면 되는 존재라 여겼으니까.

하지만 지금에 이르러서 보니, 사실 내 곁에 있었던 수

많은 동료보다도 더 중요한 존재로서 함께하고 있다.

어쩌면 이번 삶이 지루하지 않게 느껴졌던 것은 처음이자 마지막의 '새로운 동료'로서 아이거를 마주했기 때문일지도 모른다.

"알로스 쪽은?"

"방금 전 보고가 들어왔어. 에케도스 산맥 쪽으로 향했다고 하더군. 스페디스 제국의 상황이 정리되었으니, 모든 전력이 자신을 쫓을 것이라 생각했겠지. 에케도스 산맥은 인간들이 들어서기에는 분명 험난한 곳이니까."

"최종전을 준비하겠다 이거군. 가장 자신에게 유리한 고지에서……."

"다행인 것은 민간인들은 한숨 돌릴 수 있게 되었다는 것이고, 불행스러운 것은 이 전쟁의 끝을 보려면 또 한 번 죽을 곳으로 뛰어들어야 한다는 이야기지. 하지만 지금 이 상황에서 알로스를 제거하지 않고 상황을 수습한다는 건, 아무 의미가 없는 일이라는 건 모두가 공감하고 있는 것 같다."

확실히 바르카와 마테이라의 죽음이 알로스에게 전한 메시지가 있는 듯 싶었다.

상황이 이렇게 된 이상, 다른 것을 신경쓸 필요 없이 알로스만 보면 된다.

당연히 에케도스 산맥으로 향해야만 할 것이고, 거기서 어떻게든 결론이 난다.

내가 죽거나, 알로스가 죽거나.

생각이 빠르게 연결되다보니, 자연스럽게 아이거의 말이 한 번 더 떠올랐다.

작별 인사가 필요하다는 말. 비록 반복된 운명의 산물일지라도… 놓쳐서는 안 될 인연(因緣)의 마침표라는 생각도 들었다.

"사흘 정도 걸리겠군."

"우리는 바로 본국으로 돌아간 뒤, 추가로 편성된 마법 사단을 이끌고 북쪽으로 이동한다. 연락 수단은 충분하니, 긴밀하게 연락하도록 하자. 우리의 작별 인사가 지금은 아닐 테니."

아이거의 말에 고개를 끄덕이자, 그가 살짝 미소를 머금은 채로 빠르게 내 집무실을 나섰다.

그리고 일찌감치 대기 중이던 휘하의 마법사단을 이끌고, 신속하게 자리를 떴다.

예상되는 수습 기간은 사흘.

그렇다면 내게도 삶의 흔적들을 정리할 시간은 있다.

*   *   *

가족과 연인 로이니아, 그리고 테노스 용병단의 전 동료들을 만나러 가기에 앞서 나는 마지막으로 상황을 점검했다.

두 드래곤의 죽음과 함께 평화가 찾아온 스페디스 제국의 황도는 재건(再建)을 위해 고군분투하는 백성들과 군인들의 짙은 땀 냄새가 물씬 풍겼다.

메디우스는 피해 상황을 정리하는 한편, 에케도스 산맥으로 보낼 정예 전력들을 재차 추려내기 시작했다.

애초에 길목 하나하나가 험준하고 거의 1년에 몇 주를 제외하고는 비가 내리는 이곳은 비공정류를 띄우기에도 어려운 곳이었다.

에케도스 산맥으로 알로스가 향했다는 것 자체가 은신과 농성을 안배한 움직임이었는데, 이미 전쟁의 끝을 보기로 결의한 이상 위험해도 들어가야만 했다.

5클래스 이하의 마법사들은 우선적으로 배제됐다.

텔레포트 마법 시전이 가능한 6클래스 이상의 마법사들만 선별이 됐는데, 이런 험준한 산맥에서는 위치 전환을 빠르게 할 수 있는 텔레포트 마법이 필수였기 때문이다.

그리고 기사단 역시 익스퍼트급 이상의 기사들만 선별

됐다.

그나마 드래곤의 브레스 공격에 기민하게 반응하여 '즉사' 하지 않을 정도의 실력의 하한선이 그 정도로 예상됐기 때문이다.

최종전을 위한 부지런한 준비.

그 잠깐의 시간 동안, 나는 내가 마지막 삶에서 남긴 마지막 인연들을 정리하기 위한 마지막 여정을 떠났다.

모든 것이 이제는 마지막이 될 것이었기에.

심지어 내가 죽더라도, 그 역시 마지막이 될 것이다.

끝, 마지막이라는 단어의 또 다른 의미 말이다.

*   *   *

가장 먼저 찾아간 곳은 테노스 용병단이었다.

인연의 끈 중에서도 가장 가벼운 인연부터 정리하고자 했던 것이다.

사실상 이번 황성 전투를 끝으로 테노스 용병단도 크게 할 일은 없어졌다.

에케도스 산맥 원정에 용병단은 참여하지 않는다.

나는 사람을 시켜 한가득 준비한 잔칫상을 펼쳤다.

술과 고기, 그리고 맛있는 디저트들.

모두가 달콤한 만찬을 즐겼다.

그 와중에 나는 예상치 못했던 한 사람의 소식도 접했다.

바로 아이린에 대한 이야기였다.

결혼(結婚).

카트리나 용병단의 생활을 접고 아이린이 선택한 것은 결혼이라고 했다.

배우자는 카트리나 용병단에서 함께 B급 용병으로서 일했던 동료 용병이었다.

길게 잡아도 몇 개월 되지 않았을 연애가 결혼으로 이어졌다는 사실이 놀라웠다.

내가 기억하는 아이린은 생각 이상으로 내게 오랜 시간 마음을 끊지 못했던 사람이었으니까.

하지만 모든 것이 달라져 버린 이번 삶의 흐름만큼이나 주변 인물들의 미래도 달라졌는지, 아이린은 결국 마음을 접고 자신을 사랑해 주는 사람과 결혼을 결정한 모양이었다.

시간을 되돌린다고 해서 항상 같은 결과가 나오는 것은 아니라는 내 생각은 맞았다.

굵직한 어느 미래는 들어맞기도 하지만, 때때로 시작부터 안배를 거쳐 사전 작업을 해놓은 미래들은 바뀌기도 하는 것이다.

아이린의 소식을 듣고 나자, 마음 한편의 응어리가 풀리는 듯했다. 아이린은 항상 내게 원죄(原罪)같은 의미였기도 했기에.

그렇게 테노스 용병단에서의 만찬도 끝나가고.

이내 어두운 밤이 찾아오고, 모두가 잠자리에 들기 시작할 무렵.

"레논."

잠시 산책을 하고 있던 내게 누군가가 말을 걸어왔다.

크리스티나였다.

"크리스티나."

"오늘이 우리의 마지막 만남이려나?"

크리스티나의 시선이 내 모습 전체를 유심히 훑는다.

그녀의 눈빛은 평소와 달랐다.

예전의 크리스티나가 나를 바라보는 모습이 어떤 동경이나 존경, 때때로 장난기 어린 시선이었다면 지금은 아쉬움과 안타까움, 그리고 알게 모르게 슬픔이 묻어나는 그런 눈빛이었다.

"왜 그렇게 생각해?"

대수롭지 않게 넘길 수도 있었지만, 나는 크리스티나의 말이 신경 쓰여 그녀에게 되물었다. 단둘이 있는 자리에서 이런 이야기를 꺼낸 건 단순히 작별의 아쉬움 때문이라고 생각하진 않기에.

"처음에는 아니라고 생각했어. 그럴 리가 없다고 생각했거든. 하지만⋯ 언제부터인가 네게서 나와 비슷한 어떤 운명의 향기를 느꼈어. 힘든 여정일 수밖에 없는 긴 여정. 그 한가운데 네가 있었을 것 같다는 생각이 들기 시작한 거야."

"크리스티나."

그녀의 말이 매섭게 꽂혔다.

마치 내가 살아온 100번의 삶을 알고 있는 듯한 말투. 나는 좀 더 그녀의 이야기를 들어보기로 했다.

"확신했어. 지금의 레논, 네가 이렇게 완벽하게 최고로 향하는 삶을 살 수 있었던 것은⋯ 앞서 수많은 실패를 반복했기 때문일 거라고. 그리고 그 말은, 이제 여정의 첫걸음을 내디딘 내게는 정말 큰 귀감이 되는 일이기 때문이야."

"그렇다면 크리스티나, 설마 너도⋯⋯."

"응. 나도 이제 최고가 되기 위한 여정을 시작했어. 이번 삶에서 어떨지는 살아봐야 알겠지만, 널 보면서 불가능한 일이 아니라는 것을 느꼈어."

'그래서 크리스티나가 이번 삶에서 처음으로 나타난

거였나.'

이제야 크리스티나에 대한 비밀이 풀렸다.

그녀는 절대자인 신, '그'가 보낸 또 다른 실험 대상이었다.

나는 이 세계를 살아가고 있는 '그'의 꼭두각시 인형이 나밖에 존재하지 않는 것이라 생각했다.

누군가가 있다는 언질을 받은 적도, 모습을 본 적도 없으니까.

하지만 이번 삶에서 새로이 나타난 크리스티나는 의아함을 자아냈고, 그 비밀이 한참을 지난 지금에서야 풀린 것이다.

"크리스티나."

"좀 더 많은 얘기를 하고 싶어. 주어진 시간은 길지 않으니까. 조금만 더, 내게 얘기를 해줄 수 있을까?"

"얼마든지."

그녀의 부탁을 거절할 이유가 없었다.

나는 고개를 끄덕였다. 그리고 그 누구의 시선도 닿지 않는 조용한 공터에서 지난 삶들에 대한 수많은 이야기를 이어가기 시작했다.

"정말이야? 그 정도로 많은 변화가 생겨난 거야?"

"응. 하지만 크리스티나, 네게는 시행착오가 많지 않길 바라. 나처럼 수많은 삶을 반복해서 살길 바라진 않을게."

"레논, 뭔가 그런 네가 존경스럽고 자랑스럽기도 해. 한편으로는 얼마나 힘들었을까 싶기도 하고."

"지난 일에 의미를 둘 필요는 없어. 앞으로가 중요하지."

나는 크리스티나에게 긍정적인 이야기들로 힘을 실어 주었다.

그녀의 존재로 하여금, 삶의 초반 의문점을 자아냈던 실타래는 풀렸다.

나는 드러내 놓고 표현을 하진 않았지만, 그녀에게도 이런 '악순환'의 시작을 만들어낸 그가 증오스러웠다.

자신에게는 그저 유희에 불과할 뿐이지만, 정작 꼭두각시가 된 본인들에게는 고통과 인내의 시간이 될 테니까.

이것이 내 운명이겠거니, 하고 체념하기에는 너무나도 많은 시련과 방황을 거쳐야만 하는 것이다.

그래서 진심으로 크리스티나는 나보다는 더 빨리, 더 좋은 결과를 받아 들 수 있기를 진심으로 바랐다.

"이제는 어떤 형태로든 다시 만날 수는 없겠네."

"아니지, 또 다른 나를 볼 수 있게 될 거야."

"생각해 보니… 그러네."

크리스티나가 이번 삶을 실패한다면, 그녀는 삶의 시작점으로 다시 돌아오게 된다.

그리고 이 대륙에서 삶을 살게 된다면, 분명 레논이라는 이름으로 존재하는 사람을 만나게 될 터다.

물론 그 레논은 내가 아닐 것이다.

나는 이번 삶이 실패하든 성공하든, 더 이상 이 세계에서의 삶을 사는 사람은 아니게 될 테니까.

조용한 영지, 외곽의 키리아트 마을.

그곳에서 병든 채 하루하루를 힘겹게 살아가는 레논을 만나게 될 가능성이 크다.

성격도 더 괴팍할 것이고, 가족들은 힘들어하는, 그런 레논.

"크리스티나, 뒤를 돌아보지는 마. 앞만 보고, 네가 가고자 하는 길을 후회 없이 걸어. 이미 내디딘 발이라면 후회하지 말고, 설령 잘못된 곳을 밟았더라도 좌절하지 마. 그래야 가장 좋은 결과를 얻을 수 있을 거야."

"고마워, 정말 고마워!"

크리스티나가 와락 내 품에 안겼다.

관능적이고 육감적인 몸매를 가진 여인의 포옹이라면 충분히 성적인 감정도 느낄 법하지만, 나는 아주 오랜 친구를 만난 것 같은 편안함으로 그녀를 꼭 안아주었다.

분명 쉽지는 않을 것이다.

수많은 시행착오를 겪고, 눈물을 훔치며, 감정이 무디어져가는 자신을 두려워하게 될 때가 올지도 모른다.

밤이 깊어갔다.

그리고 우리는 잠시, 시간이 멈춘 것처럼 서로의 온기를 느끼며 마지막 응원을 보내고 있었다.

*   *   *

이어서 가족들을 만났다.

레니와 어머니.

비밀을 공유했던 크리스티나와 달리, 나는 레니와 어머니에게는 아주 자연스럽게 만남의 기쁨을 나누었다.

그리고 애써 그 뒤에 내 비밀에 대한 얘기나 작별을 언급하진 않았다.

그래도 여자의 육감은 속일 수 없는 것일까?

큰일을 앞두고 찾아온 나의 행보가 약간 이해가 가지 않았는지, 어머니는 의아해했다.

하지만 당신의 아들을 걱정하는 마음은 늘 한결같았고, 결국 떠날 때가 되자 눈물을 훔쳤다.

레니는 늘 그랬듯이 천진난만했지만, 못 본 사이 또 훌

쩍 자라 숙녀의 느낌을 물씬 풍겨내고 있었다.

사랑하는 내 가족들.

사랑이라는 감정의 설렘이 무뎌지긴 했어도, 그 의미는 머릿속에 남아 있다.

이제 사랑했던 가족들과도 이별을 고해야 한다.

하지만 한편으로는 저 세계의 가족들.

그러니까 내가 살았던 대한민국의 가족들이 있다.

오랜 시간이 흘러, 사실 그곳에 돌아가도 가족들과의 만남이 얼마나 내게 큰 감정의 변화를 줄 수 있을지는 잘 모르겠다.

나는 수천 년을 살아온 정신과 기억이 그대로 남아 있기에.

하지만 '그'가 약속했었다.

자신이 원하는 바, 그 목적을 달성한다면… 내가 수많은 삶을 반복하면서 얻은 기억과 모든 것들을 지우고 원래의 세상으로 돌려주겠노라고.

그래서 그 말 하나만을 바라보며 살아왔던 삶이 아니던가?

"사랑해요, 어머니."

"사랑한다, 레니."

그 말과 함께 진한 포옹을 하고.

나는 애써 눈물을 참는 레니와 어머니를 뒤로한 채 두 사람의 곁을 떠났다.

다시 만남을 약속했지만, 이번만큼은 지키지 못할 약속이 될 것 같기에.

*   *   *

이제 마지막 만남이 남았다.

연인 로이니아.

그녀에 대해서는 항상 매번의 삶에서 아쉬움이 남는데, 이번 삶에서도 마찬가지다.

사실 감정선에서는 역시 무료할 수밖에 없었던 100번째 삶에서 내게 신선한 충격을 주었던 그녀였기 때문이다.

나와 로이니아는 충분한 감정의 교류와 함께 정신적으로, 육체적으로 가까워질 기회가 많았다.

하지만 급변하는 주변의 정세들이 내가 가만있을 수 없도록 만들었고, 알게 모르게 로이니아와의 물리적 거리도 멀어졌다.

이 때문일까?

점점 그리움에 깊어져가는 듯한 로이니아의 마음과는

달리, 내 마음이 식어가기 시작했다.

그녀에게 매력을 느끼지 못해서가 아니라, 사랑이라는 감정에 충실하기엔 주어진 현재의 상황이 너무나도 격렬하고 치열했기 때문이다.

다만, 여전히 그녀에 대한 내 감정은 유효하고, 그래서 마지막으로 그녀의 얼굴을 눈에 담아두고 싶었다.

평범한 연인의 데이트를 했다.

맛있는 음식을 먹고, 장신구를 사주고, 옷을 샀다.

그리고 시간의 흐름을 잊은 채 지금의 상황을 즐기며 웃고 또 웃었다.

로이니아는 나와 함께하는 이 시간이 너무나도 행복한지, 단 한 번도 입가에 맺힌 미소가 사라지질 않았다.

천진난만한 어린아이처럼 기뻐했다.

그리고 석양이 보이는 전망 좋은 언덕 위에서 우리는 진한 키스를 나누었다.

보통의 청춘 남녀라면 그 이상의 깊은 스킨십도 생각해 볼 만한 상황이지만, 나는 욕심을 내지 않았다.

아니, 꼭 그래야겠다는 생각 자체가 들지 않았다.

달콤한 키스를 나누는 것.

그것만으로도 감정의 교환은 충분히 됐다.

그리고 그녀에게도 나는 가족들에게 했던 것처럼 거짓

말을 했다.

이 전쟁이 끝나고 나면, 그때는 꼭 더 많은 시간을 함께 있자고. 항상 곁에 있어주겠다고.

로이니아는 기다리겠다고 했다.

그리고 사랑한다고 내 귓가에 속삭여줬다.

마음이 약했다면 무너졌을지도 모르는 소중한 한마디.

나는 그 말에 담긴 그녀의 뜨거운 사랑만을 가슴속에 간직한 채 떠났다.

그리고 카터를 만났으며,

녀석과도 작별 아닌 작별 인사를 나눴다.

그렇게… 이 세계, 이 삶, 100번의 삶에서 엮인 모든 인연에 작별을 고했다.

이제 남은 것은 알로스와의 최종전뿐이다.

*   *   *

에케도스 산맥으로 향하는 길.

각국의 정예라는 전력은 모두 모였다.

상대는 알로스 하나였지만, 사실 라키시스보다도 더 껄끄러운 존재가 알로스였다.

마테이라와 바르카는 감정적으로 움직였고, 비참한 최후를 맞이했다.

라키시스는 부상을 입은 상태에서 내게 목숨을 잃었다.

하지만 알로스는 그러한 전투력의 저하나 감정에 대한 흔들림 없이 냉정하게 판단했고, 수성이 수월하고 공격하는 쪽이 불리한 에케도스 산맥을 선택했다.

게다가 에케도스 산맥은 몬스터들이 존재하는 곳이었다.

알로스가 이런 좋은 '쫄' 들을 사용하지 않을 리 만무하다.

블랙 드래곤의 흑마법은 인간 흑마법사와는 또 달라서, 그들을 얼마든지 마물화시키는 것도 가능했다.

그만큼 마나를 소모하기는 하지만, 지금은 물불을 가릴 때는 아닐 테니까.

마물들은 기존에 자신들이 몬스터로서 가지고 있던 신체 능력이 대폭 향상, 각성되기 때문에 매우 위험하다.

상대가 익스퍼트급의 기사든, 6클래스 이상의 전투 마법사든 죽는 것은 똑같다.

게다가 철저하게 살인 기계처럼 프로그래밍된 녀석들

은 숨통이 완전히 끊어지기 전까지는 집요하게 달라붙었
다.

경우에 따라서는 자폭도 불사한다.

가장 큰 전투를 남겨 놓았지만, 되레 기사, 마법사들의
표정은 홀가분해 보였다.

어차피 이런 전쟁에 참여하기 위해 자신들이 훈련을 했
던 것이고, 명예를 키워왔던 것이기 때문이다.

게다가 이제는 드래곤이 사람들의 거주 지역이 아닌, 외
곽으로 크게 멀어진 산맥으로 들어갔으니 적어도 민간인
에 대한 피해가 나올 확률도 줄었다.

단, 넷의 드래곤이 대륙 전역의 수많은 곳을 초토화시켰
다. 그래서 사람들은 뼈저리게 느꼈다.

평화의 가치가 얼마나 큰 것인지.

그리고 이성을 잃은 드래곤의 말로가 얼마나 비참한지
도.

"이제 정말 마지막이다."

"어떤 형태로든 마지막이 되겠지."

"네가 생각하는 마지막이었으면 하군. 다른 마지막 말
고."

긴장을 풀기 위한 말장난이 아이거와 내 사이에 오고

갔다.

완벽하게 베르가디안의 삶을 살고 있는 아이거는 적응을 확실하게 마쳤다.

전장으로 이동하는 와중에도, 부하들이 끊임없이 보고를 올리거나 농담을 던져도 아주 자연스럽게 웃으며 능청스레 그들의 말을 받았다.

모난 구석은 점점 사라져가고 있고, 그 자리를 선함과 부드러움이 채우고 있다.

아이거는 이제 내가 없더라도 새로운 삶에 적응하며 나름대로의 즐거움을 찾아갈 것이다.

메디우스도 마찬가지다. 그는 여전히 많은 사람들의 동경을 한 몸에 받는, 명실상부 9클래스의 대마법사다.

그런 그가 갑자기 돌변하거나 명성을 잃는 일도 없을 터.

"드디어 산맥이 보이는군."

아이거가 정면을 가리켰다.

그러자 얼마 전까지만 해도 짙게 낀 안개에 보이지 않던 산맥의 형체가 드러나기 시작했다.

에케도스 산맥.

최종 전장이었다.

11장

대마법사 레논

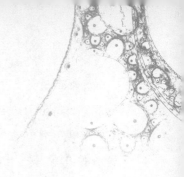

콰아아아아아아! 콰아아아아아!

"끄아아아아악!"

한 줄기 브레스가 어둠을 뚫고 길목 전체를 훑고 지나가는 순간, 그 위에 있던 마법사와 기사들이 흔적도 없이 사라졌다.

죽음이라는 건, 늘 그랬듯이 한순간이었다.

기민하게 피한 마법사들은 간발의 차이로 목숨을 건졌지만, 그 틈을 놓친 마법사들은 불귀의 객이 되어버렸다.

예상대로 알로스는 길목, 요소요소마다 가장 좁아지는 구간을 노려 공격을 퍼부었다.

각국의 정예 마법사, 기사들로 편성된 연합군은 초반에는 모두가 동일한 판단으로 움직이는 것이 아니어서 피해를 입기는 했지만.

시간이 흐르면서 알로스의 공격 패턴 및 방식을 확인하고는 위험 구간에서 주의하며 움직였다.

결국 알로스라는 블랙 드래곤은 하나뿐이었다.

다수의 드래곤이었다면 아예 요지를 사수할 요량으로 맹공을 퍼부었겠지만, 그러기엔 상대의 수가 너무나도 많았다.

어느 정도 농성을 하다가 후퇴를 하고, 다시 농성을 하다가 후퇴를 하고. 이런 식으로 알로스는 계속해서 후퇴를 반복했다.

진군이 계속될 때까지만 해도, 나는 알로스가 그저 시간을 벌기 위해 이런 행동을 하는 것이라 여겼다.

배수진을 친 병사처럼, 돌아갈 곳은 없으니 어떻게든 시간을 벌어 상대가 허점을 노출하길 기다리겠다는 계산이 아닌가 싶었던 것이다.

하지만 에케도스 산맥 중반부로 진입하기 시작하면서, 그 생각이 지금 상황과 전혀 다른 판단이었다는 사실을 깨닫기 시작했다.

증거는 바로 급격히 증가하기 시작한 마물들이었다.

불과 얼마 전까지만 해도 산맥을 거처로 생활하던 평범한 몬스터였을 놈들은 붉은 눈, 팽창된 근육, 무지막지한 완력과 외피를 가진 괴물로 거듭났다.

"생각보다 수가 많다."

"거의 이 산맥에 있는 모든 몬스터들이 마물화가 되었다는 이야기인데."

나와 아이거는 가장 먼저 이 상황의 문제점을 알아차렸다.

아무리 알로스가 능력 있는 블랙 드래곤이라고 해도, 단숨에 이렇게 많은 몬스터들을 마물로 만들 수는 없었다.

가능한 방법이 없지는 않았다.

하지만 설마 그런 극단적인 방법을 선택할 리가 있을까 싶었는데, 상황은 그 설마가 현실이 되는 쪽으로 흘러가는 듯해 보였다.

"설마 드래곤 하트를……."

아이거는 역시 눈치가 빨랐다.

이 비정상적인 상황을 순식간에 만들어낼 수 있는 방법은 한 가지.

알로스가 자신의 드래곤 하트를 '제물'로 삼아 일을 벌이고 있을 때의 이야기다.

즉, 자신의 생명이자 근원과도 같은 드래곤 하트의 힘을 직접적으로 끌어다가 마물들을 만들어내고, 종국에 이르러서는…

"게이트(Gate)를 열려고?"

나는 가장 기분 나쁜 상황이 연상되어 인상을 찌푸렸다.

게이트, 그것은 보통 마계와 현실을 잇는 통로를 말했다.

다른 의미로 쓰이는 경우도 있지만, 퇴색되어 지금은 그런 의미로만 쓰였다.

마계와 현실의 연결 통로.

그것은 과거에도 몇몇 극호전적인 드래곤들, 혹은 사이코패스 드래곤들이 중간계 전체의 질서를 무너뜨리고자 실행했던 작업이었다.

물론 그때는 드래곤들의 자체적인 정화 작업에 막혔다.

인간과 대립 중인 상황이긴 해도, 마계에서 마족과 마수들을 불러와 질서를 어지럽히는 것은 곧 드래곤 일족 전체에 대한 붕괴를 의미하는 것이기도 했기 때문이다.

"지금 게이트라고 했느냐?"

마침 다른 방향에서 공격을 진행하다가 수상한 점을 감지하고 내게로 달려온 메디우스가 내 말을 들었다.

"예, 정황이 그렇게 흘러가는 것 같습니다."

상황이 좋지 않다.

마족과 마수를 이끌어낸다는 것은 뒤를 생각하지 않고 벌이는 일이다.

아마도 알로스가 자신과 동료들을 무참히 벼랑 끝까지 밀어 넣은 인간에 대한 복수의 일념으로 벌인 일일 터.

어차피 죽을 목숨, 더 큰 재앙을 만들어내고 죽겠다는 공산이었을 가능성이 컸다.

여기서 알로스를 원망하고 욕한다고 해서 달라질 것은 없다.

판단은 신중하게, 하지만 빨라야 했다.

저쪽이 뒤도 돌아보지 않고 승부수를 던졌다면, 응수도 빨라야 한다.

그렇지 않으면 지연된 시간만큼 더 큰 재앙이 찾아올 테니까.

에케도스 산맥 전체가 마물화되었다면, 전투의 양상은 생각했던 것보다 더 치열해진다.

알로스를 마크하는 것도 중요하지만, 어디서 튀어나올

지 모르는 마물들도 상대해야 한다.

이미 작정하고 시작된 작업이라면 곳곳에 열린 작은 게이트를 타고 소규모라고 하더라도 마수들이 등장할 수도 있다.

"지금 가용 가능한 모든 전력을 통솔해서, 산맥 전체를 이 잡듯이 수색해 주십시오. 이미 열린 통로가 있을 겁니다. 그 통로 주변을 완전하게 틀어막고, 마물화된 몬스터들을 섬멸해야 합니다."

"넌 어찌할 예정인 것이냐?"

"저는 베르가디안과 알로스를 바로 추적합니다. 놈이 이 상황의 근원입니다. 놈이 죽으면, 게이트는 닫힐 겁니다."

"그럼 모든 전력을……."

"알로스에게 붙이는 건 안 됩니다. 그러다가 놈이 시간을 더 끌게 되면, 게이트를 통해 더 많은 마물이 넘어올 겁니다. 알로스는 제게 맡겨 주십시오. 지금은 섬멸전이 필수입니다."

"알았다. 그리하마."

70 평생을 살면서 마족, 마계, 마물들에 대해 공부는 했을지언정 현실로 직면한 적이 없었을 메디우스.

그래서인지 좀처럼 당황하지 않는 메디우스의 표정에

당황한 기색이 역력했다.

순간 머뭇거리는 모습도 보였다.

그리고 완벽할 수는 없다.

사람이라면 누구나 처음 직면하는 상황이 닥쳤을 때, 냉정한 판단에 어려움을 겪는다.

다행히 나는 수많은 삶을 반복하면서 얻은 경험과 임기응변이 있었다.

이 상황을 직접 겪지는 않았지만, 유사한 경험을 한 적은 있었다.

그래서 게이트에 대한 생각을 바로 떠올린 것이고, 낭떠러지 끝까지 밀린 알로스가 최후의 승부수를 꺼내 들었다는 사실도 알아차린 것이다.

알로스는 이 작업을 위해 상당히 많은 양의 힘을 소진했을 것이다.

시간을 끄는 것을 최우선 목표로 할 것이고, 그렇기 때문에 많은 수의 전력이 알로스에게 붙을수록 문제가 생긴다.

나머지는 저마다 필요한 일을 하고, 최소한의 인원만 알로스에게 붙으면 됐다. 그 역할은 나와 아이거의 몫이었다.

이동은 신속하게 이루어졌다.

그리고 한두 개의 능선을 넘은 시점부터 바로 기사, 마법사들은 사방에서 밀려오는 마물들을 마주치기 시작했다.

불과 얼마 전까지 평온한 녹음(綠陰)을 풍기던 에케도스 산맥은 온데간데없었다.

어느덧 음산하게 하늘을 가득 채운 먹구름들은 당장에라도 비를 뿌릴 것처럼 성난 목소리를 토해내고 있었고, 그 아래에서는 어둠을 양분 삼아 마물들이 모습을 드러냈다.

순식간에 산맥 여기저기서 불길이 올랐다.

몬스터들을 잡는 데 가장 효과적인 방법은 역시 불이었기 때문이다.

"가자. 신속하게 놈의 목숨을 끊어야 해."

"후후, 끝까지 손에 땀을 쥐게 하는군."

아이거의 말대로, 이 블랙 드래곤들은 끝까지 포기하지 않았다. 기어코 가장 껄끄러운 상황을 만들어냈다.

100번째 삶, 마지막을 장식하기에는 가장 이상적인 그림이기도 했다.

*　　　*　　　*

콰우우우우, 콰우우우우.

본신화한 알로스는 나와 아이거를 보자마자 바로 브레스 공격을 퍼부었다.

예상대로 알로스의 몸에서는 계속해서 검은 기운이 흘러나오고 있었고, 그것들은 알로스의 뒤에 박혀 있는 마정석을 향해 끊임없이 흘러들어갔다.

그리고 마정석이 반짝일 때마다 어딘가로 검은 기운이 날아갔으며, 그곳에서 마물들의 괴성이 들려왔다.

생기를 잃은 알로스의 몸은 푸석푸석하게 변해가고 있었지만, 그래도 드래곤은 드래곤이었다.

시이이잉! 시이이잉!

알로스의 몸에서 한 줄기 검은 기운이 뻗어져나올 때마다 산맥의 어디론가 그 기운이 날아갔다.

그 말인즉, 시간이 지체되는 만큼 게이트가 더 넓게 열리고, 더 많은 마물들이 만들어짐을 뜻했다.

"시간이 없다. 가자."

"간다, 검은 도마뱀 자식아!"

나와 아이거는 동시에 블링크로 빠르게 거리를 좁히며 알로스에게로 달려들었다.

집중을 하지 못하도록 만들어야, 일련의 작업들이 중지

된다.

블링크, 접근, 헬 파이어 캐스팅, 시전.

이 연속적인 이동과 공격 작업이 순식간에 이루어졌다.

새삼스럽게 느꼈다.

내가 그동안 이 수많은 삶을 살아오며 얼마나 많은 마법을 시전했고, 또 상대의 공격을 받아보았으며, 버텨냈는지.

삶의 반복, 흐름, 경험.

이 모든 것이 머릿속에서 한데 교차했기 때문일까?

어느 순간부터인가 나는 무아지경에 빠졌던 것 같다.

달리 생각을 하지 않고도 자연스럽게 움직이는 그런 경지.

날아드는 브레스를 자연스럽게 피하고 역공을 전개하고.

육중한 알로스의 매서운 발톱과 날개가 허공을 가를 때마다, 기민하게 반응하며 이동하고.

이런 과정들이 아주 자연스럽게 이루어졌고, 머리보다 몸이 더 빠르게 반응하면서 마치 '꿈을 꾸듯' 시간이 흘러갔다.

맹공을 퍼부을 때마다 사방으로 피가 튀었다.

결국 드래곤도 살점과 피, 하나의 심장을 가진 피조물일 뿐이었다. 그건 나 역시 마찬가지다.

알로스의 피가 흩뿌려질 때마다, 내 몸의 어딘가에도 깊은 상처가 났다.

최후의 발악을 하며 몸부림치는 알로스의 반격에 아이거는 저 멀리 날아가기도 했다.

그리고 어느 순간 왼팔의 느낌이 사라졌다.

고통을 느낄 새도 없이 깨끗하게 잘려져나간 내 왼팔은 지면에 떨어져 있었지만, 나는 그래도 사용할 수 있는 오른팔을 이용해 마법 공격을 퍼부었다.

솨아아악.

아슬아슬하게 훑고 지나간 알로스의 발톱이 옆구리에 상처를 냈다.

붉은 피가 수도꼭지를 연 것처럼 콸콸콸 쏟아져 내렸지만, 나는 그 대가로 알로스의 한쪽 눈을 취했다.

그리고 멀쩡한 한쪽 눈마저도 상처를 내서, 하얀 눈동자를 붉게 물들였다.

무아지경의 전투는 그 이후로도 한참을 이루어졌던 것 같다.

그 과정에서 아이거가 알로스의 집중 포화를 견뎌내지 못하고 정신을 잃었다.

그나마 다행인 것은 죽지는 않았다는 것.

마지막 브레스 공격을 죽을힘을 다해 피한 뒤 쓰러지지 않았다면 죽었겠지만, 녀석은 운이 좋았는지 그다음에 정신을 잃었다.

"하악, 하악, 하악."

거친 숨이 절로 몰아쉬어진다.

피는 계속해서 흘러내리고 있고, 왼팔은 사라지고 없다.

그나마 플라이 마법을 시전하고 있기에 두 다리의 부상이 크게 느껴지지 않을 뿐, 두 다리의 상태도 좋지는 않았다.

온몸이 그야말로 피투성이였다.

죽음을 각오하고, 아니 죽을 생각으로 달려드는 드래곤이 얼마나 무서운지 이번 삶에서 처음으로 알았다.

과거의 삶에서는 드래곤을 제대로 상대해 보지 못하고 죽었던 경우가 많았으니까.

"카악, 카아악, 카악."

지칠 대로 지친 것은 알로스도 마찬가지였다.

더욱 말라버린 알로스의 외피에서는 사라진 생명의 무게가 느껴졌다.

하얗게 불태웠다는 말.

그 말은 어쩌면 놈과 나, 모두에게 해당되는 것일지도

모른다.

이미 힘을 소진할 대로 소진한 알로스는 나를 바라보고도 채 공격을 이어가지 못했다.

하지만 내게는 아직 힘이 남아 있었고, 나는 바닥이 보일 정도로 부족해진 마나의 힘을 끌어올려 마지막 마법을 캐스팅했다.

헬 파이어.

저주 받은 블랙 드래곤의 끝을 장식하기에 가장 알맞은 지옥 불이었다.

콰아아아아아!

하지만 알로스도 물러서지 않았다.

놈도 마지막 힘을 다해 나를 향해 입을 벌렸다.

브레스다.

피하기에는 가까울 뿐만 아니라, 내가 이미 캐스팅하고 있는 헬 파이어의 공격이 너무나도 아쉽다.

이건, 엉덩이가 무거운 쪽이 이길 수밖에 없다.

나는 물러서지 않았고, 그대로 거대해진 헬 파이어 구체를 알로스에게 날렸다.

캐스팅도, 시전도 내가 빨랐다.

죽어도 나보다는 놈이 빨리 죽겠지.

"하아."

그렇게 내 손을 빠져나와 알로스에게로 향하는 거대한 지옥 불을 보며, 나는 두 눈을 감아버렸다.

사실 아무 생각도 하고 싶지 않았고, 그럴 체력도 없었다.

이제는 내 운명이 흘러가는 대로 내버려둘 뿐이었다.

내가 할 일은 모두 다 했다.

12장

늘 그랬던 것처럼

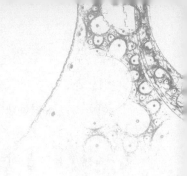

깜빡깜빡.

분명 몇 번 정도는 눈을 뜨고 세상의 빛을 보았던 기억
이 난다. 그 시선 속에서 익숙한 얼굴들을 보았다.

가장 먼저 본 것은 아이거의 얼굴이었다.

분명 정신을 잃었던 아이거로 기억하는데, 말끔해진 얼
굴로 날 바라보고 있었다.

그때는 내 곁에 아이거 혼자만 있었다.

마치 둘만의 자리를 만들어 놓기라도 한 것처럼.

나는 환한 빛이 새어 들어오는 어딘가에서 아이거를 보

았다.

이미지는 선명한데, 내가 무슨 말을 했는지는 기억이 잘 나지 않는다.

하지만 들었던 이야기는 하나도 남김없이 기억이 난다.

—이게 마지막 인사가 될까? 아니, 또 다른 네가 날 맞이하겠지?

분명 그 끝에서 아이거는 웃었다. 그리고 마치 친한 친구가 서로를 쓰다듬듯, 따스한 눈빛으로 내 얼굴을 만지고는 두 손을 꽉 움켜쥐었다.

—언젠가 하늘이 허락한다면, 신이 허락한다면 그때는 지금처럼 이별이 없길 바란다. 이제 또 다른 너를 기다리지.

그 말을 마지막으로, 나는 아이거를 다시는 보지 못했다.

웃으며 뒤돌아서던 모습, 그 모습을 마지막으로 기억한다.

다음으로 내 눈에 들어온 것은 메디우스였다.

그는 눈시울을 붉히고 있었다.

하지만 그 와중에도 웃고 있었던 것을 보면, 분명 전투는 아주 잘 마무리된 것 같았다.

그렇지 않았다면 여유로이 내 곁에서 시간을 가질 틈도 없었겠지.

―정신이 드느냐? 네가 일어나야, 이 지옥 같았던 전쟁의 끝이라 할 수 있지 않겠느냐. 어서 훌훌 털고 일어나거라. 세상의 수많은 사람들이 네가 깨어나길 기다리고 있단다, 레논.

그 어느 때보다도 한없이 자애롭고 인자한 눈빛으로.

메디우스는 나를 몇 번이고 바라보았고, 보듬어 주었다.

그는 내게 반복된 삶 속에서도 항상 좋은 가르침을 주고, 귀감이 되었던 사람이었다.

사실 삶이 반복될 때마다, 거대한 여정으로의 시작을 알리는 역할을 했던 것은 항상 메디우스와의 '만남'이었다.

이때부터 항상 시골 청년이었던 내 삶이 달라졌고, 이로 인해 파생된 결과 값이 내 인생의 엔딩이 되었다.

그래서 무척이나 메디우스와의 첫 만남을 신경 썼던 기억도 났다.

내가 후회하지 않는 것이 있다면, 메디우스를 스승으로 늘 함께했다는 것이다.

내 인생은 때때로 실패했을지언정, 메디우스는 항상 내게 많은 도움을 주었다. 그것은 삶을 반복해도 다르지 않았고, 늘 한결같았다.

아주 잠깐, 찰나의 순간이지만 메디우스를 응시한 채 나도 모르게 눈물을 흘렸던 것 같다. 뜨거운 감정, 지난 세월에 대한 기억이 모두 묻어난 눈물이었다.

그 두 사람이 기억에 남아 있다.

뒤로도 몇 가지 조각처럼 기억이 있지만, 내가 필요 없다고 느꼈는지 잊어버렸다.

그리고 나는 아주 긴 어둠의 통로로 빠져드는 느낌 속에 모든 것을 맡겼다.

이제는 이게 어느 길로 향하든지 관심 없다. 아니, 내심 기대는 하고 있을지도. 하지만 조급하진 않다.

100번의 삶, 그리고 수천 년의 삶.

지겨울 만큼 살았고, 시달릴 만큼 시달렸다.

그 끝에서 성공에 가장 가까운 최고의 결과를 얻었으니 후회도 없다.

남은 것은 '그'가 이 삶을 어떻게 받아들일지, 그것에 대한 답을 기다릴 뿐이다. 어쩌면, 만약에 어쩌면… 101번째 삶을 살게 될 수도 있겠지. '그'라면 충분히 그리고도 남는다.

될 대로 되라.

그 말을 아주 힘을 주어 했던 기억이 난다.

마지막으로 눈을 감기 전에.

그리고 한 시대를 풍미했던, 대마법사 레논으로서의 기억과 시간이 멈췄다.

*　　*　　*

"레논, 아직도 기억이 안 나?"

"당신에 대한 기억은 생생한데, 왜 내가 무엇을 해왔는지에 대한 기억은 없는 걸까."

"떠나기 전, 나와 함께했던 그 시간들도 기억해?"

"기억하고 있어. 하지만 나에 대한 기억이 하나도 남아 있지 않아. 왜지? 난 도대체 어떤 삶을 살았던 건지……."

레논은 모든 것이 어리둥절했다.

돌아오는 길 내내 주변 사람들에게 물었다.

왜 평범한 청년인 자신을 레논 님이라 부르며, 대마법사라 추앙받는 메디우스가 자신을 제자라고 부르며 함께하고 있는지.

더 나아가 수많은 마법사와 기사들이 왜 자신에게 조아

리고 있는지도.

그리고 믿을 수 없는, 꿈을 의심케 할 만한 답변을 들었다.

자신이 9클래스의 대마법사라는 것이다.

스페디스 제국의 마법계를 메디우스와 함께 짊어지고 있는 젊은 대마법사이자 마법계의 대들보라는 것도.

믿을 수 없었다.

자신의 기억은 키리아트 마을의 작은 집, 침대 위에서 멈춰 있는데 대마법사라니.

웃긴 것은 자신이 그동안 무엇을 해왔는지에 대한 기억을 제외한다면, 나머지는 선명하다는 것이다.

지금 곁에 있는 로이니아에 대한 기억도 선명하다.

그녀에 대한 사랑의 감정, 사랑을 나누었던 시간들에 대한 기억도 있다.

하지만 마치 지우개로 지워버린 것처럼, 그 시간 속에서 자신이 무엇을 했는지에 대한 기억은 없었다.

'누군가가 내 삶을 산 걸까?'

레논은 아주 합리적이지만 가장 비상식적인 결론을 얻었다.

그것이 아니고선 지금의 상황을 설명할 방법이 없었다.

하지만 그렇다면 왜.

레논이라는 가면을 쓰고 살았던 '또 다른 나'는 왜 더 이상 내 삶을 살지 않게 된 것일까. 알 수 없었다.

"레논이 궁금한 모든 것을 내게 물어봐 줬으면 해. 모두 알려줄 수 있어. 내게 소중한 사람의 기억을 찾아주고 싶어."

하지만 레논이 한결같이 느낀 것이 있었다.

주변 사람들이 자신을 존경하고 존중해 주며, 더 나아가 신뢰하고 있다는 것.

특히 얼떨떨한 상태로 스페디스 제국의 황도에서 개선 행진을 할 때는 '대마법사 레논'의 삶을 실감할 정도였다.

자신은 이 제국에서 영웅이었다.

심지어는 황제마저도 자신의 공적을 치하하고, 작위와 땅을 내렸다. 아울러 동상을 만든다는 이야기까지도 있었다.

"그때의 나와 지금의 나는 다른 사람인가?"

레논이 로이니아에게 던진 질문은 직설적이고도 가장 당연한 것이었다.

기억이 나지 않는 자신에 대한 질문이었으니까.

하나 한가지만은 확실했다.

분명 그게 자신이든, 아니든 간에.

누군가가 레논의 삶을 살았다.

그리고 지금 자신의 모습은 세상의 그 어느 누구를 부러워할 필요도 없을 최고의 삶이었다.

마을의 작은 집, 그 침대 위에서 마른기침을 토해내며 때때로 죽을 고비를 넘겼던 환자 레논의 삶은 더 이상 없는 것이다.

"아니, 내게는 그때나 지금이나 항상 같은 사람……."

로이니아가 레논의 품에 살며시 안겼다.

이 따뜻한 느낌, 기분, 모든 것이 예전과 똑같은데.

그는 자신에 대한 것은 기억하지 못하고 있다.

자신에게 해주었던 배려, 사랑했던 마음만큼 이제는 돌려줄 때가 됐다.

로이니아는 낙담하지 않았다.

"우리 다시 처음부터 하나하나 짚어보는 걸로."

로이니아의 말에 레논이 고개를 끄덕였다.

그러고 싶었다.

그녀에 대한 마음은 가슴속에 새겨져 있었으니까.

사랑이라는 아주 순수한 이름으로.

*   *   *

"이쯤이었나."

따뜻한 봄바람이 불어오는 산속.

베르가디안이라는 이름으로 살고 있는 남자, 아이거는 조금씩 더워지는 바람에 입고 있던 흑색 로브를 벗어던진 채 바람이 알려주는 길을 따라 걸었다.

그때는 살이 엘 듯한 추위였던 걸로 기억한다.

본신으로 직접 느낀 것은 아니지만, 레논의 몸을 빼앗으려다가 오히려 당했으니 그때 공유했던 느낌들이 남아 있다.

오랜 시간 제물이 될 존재만을 기다리고 있었던 영겁의 삶에 손을 내민 것은 레논이었다.

그래서 때가 왔다 여겼고, 보란 듯이 젊은 놈의 몸을 빼앗아 다시금 뜻을 펼쳐 보려 했던 그 순간.

모든 것이 수포로 돌아가고, 소위 말해 죽 쒀서 개 준 꼴이 되어버렸다.

물론 나중에 성장하고 나니 개가 아니라 '신'이나 다름없는 존재였지만.

처음에는 원통하고 분했지만, 알고 보니 자신 역시 레논이 그리고 있던 안배 속의 한 조각이라는 것을 알게 됐다.

아이거는 유일하게 레논의 모든 생애를 알고 있는 존재

였다.

"수천 년을 반복해서 산다는 건 어떤 느낌일까. 후후, 이런 심도 있는 고민을 이 아이거가 하게 될 줄이야. 레논이 정말 많은 것을 바꾸었군."

괴짜라는 이름이 걸맞았던 과거의 자신, 아이거의 삶.

하지만 레논을 만나고 함께하며, 그와 함께 정말 유례없는 특별한 삶의 여정을 경험하면서 아이거는 정말 많이 바뀌었다.

난폭하고 날카로웠던 성격을 버리고,

부드럽고 융통성 있는 성격으로 바뀌었다.

동시에 삶의 어떤 중요한 포인트가 있을 때마다, 그것을 곱씹어보며 배울 점을 찾거나 조심해야 할 점을 탐구하게 됐다.

100번의 삶을 반복하며 실수를 없애고, 장점을 보강하며, 특징을 살려온 레논의 삶이 그야말로 좋은 교재가 되었기 때문이다.

"여기에 내가 있었던 건, 어쩌면 그 역시 내게 주어진 운명이었을지도. 애초부터 녀석과 나는 만날 수밖에 없는 운명이었는지도 모르지."

기억을 되새기니 모든 것이 새로웠다.

그리고 그 전투 이후, 전혀 다른 사람이 되어버린 레논의 모습도 새로웠다.

적응하려면 시간이 걸리겠지만, 굳이 억지로 적응하려 할 필요도 없다.

대륙에 불어닥친 거대한 전쟁의 풍파도 빠르게 씻겨 나 가고 있고, 신성 제국과 마도국이라는 깃발 아래 사는 세 계가 다른 레논과 자신은 어쩌면 자주 안 만나는 게 더 좋 은 편일지도 모른다.

"하, 조금 새로운 연구를 해볼 필요가 있을 것 같군."

레논의 기억을 모두 알고 있는 아이거에게는 사실 가장 흥미로운 연구 거리가 있었다.

그것은 바로 '그'라는 존재가 레논으로 하여금 그가 살 던 세상이 아닌, 이 세계의 삶을 살게 만들었던 것. 시공간 을 넘나든 삶에 대한 장치에 대한 것이었다.

"재밌겠어."

이내 머릿속에서 빠르게 정리되는 생각들.

그리고 앞으로 씨름해 볼 만한 수많은 복잡한 수식들과 조합법들이 떠올랐다.

당장 양피지에 풀어써도 한참을 풀어내야 할 것 같은 숫자들이.

"네가 내 가치를 인정했듯, 나 역시 네 기대가 허망한 것이 아니었음을 꼭 증명하겠다."

아이거가 두 주먹을 불끈 쥐었다.

자신이 기억하는 레논은 떠나고 없지만, 그것이 마지막 만남이었을 것이라고 생각하지는 않았다.

헤어짐이 있으면 만남도 있는 법.

수백 년을 기다려왔던 영겁의 시간들.

그 끝에서 결과야 어찌 되었든 자신에게 다시금 자유를 가져다준 사람이었다.

레논, 그의 원래 모습을 다시 한 번 꼭 보고 싶었다.

그것이 아이거가 앞으로의 삶에서 흔들리지 않도록 단단하게 세운 목표이자 도착점이기도 했다.

*　　　*　　　*

레논이라는 사람.

그 사람이 가지고 있던 과거의 기억이 말끔히 사라지고, 그 자리에 새로운 사람의 기억이 돌아온 것을 제외하면…

세상은 크게 변한 것이 없었다.

사람들은 전쟁의 끝, 찾아온 평화에 안도했고, 영웅들을 칭송했다.

그리고 아주 자연스럽게 또 변한 세상에 적응해가며, 늘 그랬듯 과거의 슬픔들을 잊어갔다.

모든 것은 늘 그랬던 것처럼.

물 흐르듯 흘러갔다.

사람들은 대마법사 레논을 기억했고, 기억 속의 그 마법사는 여전히 살아 숨 쉬며 예전의 자신을 찾기 위한 여정을 시작했다.

하지만.

'원래의 레논'으로서 삶을 살았던 사람에게는, 이제 마지막 통과 의식이 남아 있었다.

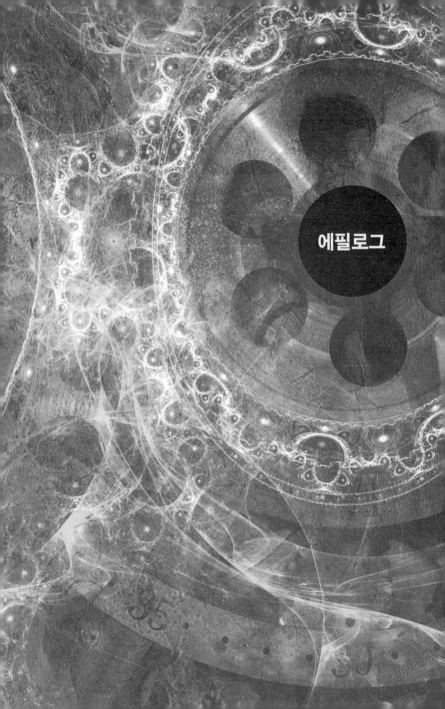

에필로그

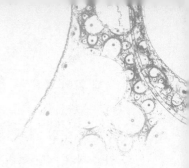

"흥미로운 구경이 끝났군."

"이제 아무 미련도 없습니다. 그저 내게 필요한 것은 자유뿐입니다. 그게 죽음으로 얻는 자유든 아니든 나는 상관없습니다."

"후후, 깨달음이라도 얻은 건가?"

"100번의 삶을 헛되게 살진 않았으니까."

모든 것이 암흑으로 돌아가고, 그 끝에서 아주 미미한 빛이 보이기 시작했을 즈음.

내 눈에 보이기 시작한 것은 '그' 였다.

매 삶이 끝날 때마다 그를 보았으니 이번으로 100번째다.

그는 수십 개의 계단을 올라가야만 비로소 마주볼 수 있는 작은 제단 위의 의자에서 늘 나를 내려다보며 이야기를 했다.

입가에는 항상 미소가 가득했는데, 그 미소는 순진하기보다는 때가 묻을 대로 묻은 세속적인 미소에 가까웠다.

솔직히 '그'라는 존재가 어떤 존재인지는 모른다.

절대자라는 생각도 들지만, 그가 사람들이 종종 언급하는 신이라면 세상의 신은 생각보다 멋있지는 않은 것 같다. 모든 이들을 아우르는 자애로움을 가지고 있는 것 같지도 않고.

한때는 내 삶 속에서 '그'의 흔적을 찾아보려고도 했다.

그가 마왕이거나, 혹은 고도로 발달된 어떤 드래곤일지도 모른다는 생각을 했었으니까.

물론 얻은 결론은 '아니다'였지만.

"만족스럽게 잘 보았다. 네가 살아온 삶들 중에서 모든 것을 최단거리로 간소화한, 하지만 가장 큰 성취를 이룬 삶이었더군. 내가 가장 바랐던 삶이기도 하지. 오로지 앞, 앞만 보고 달리는 인간의 삶을 보고 싶었는데, 네가 딱 마지막 삶에서 내게 만족을 주더군."

"그래서, 결론이 무엇인지요?"

조금은 부드럽게, 혹은 긍정적인 반응을 보일 수도 있겠지만, 나는 가슴속 깊은 곳에서부터 치밀어 오르는 반감에 그를 향해 인상을 찌푸렸다.

애초부터 이런 반복된 삶을 원하지 않았다.

다만 나를 고통스럽게 만든 것도, 해방시켜 줄 수 있는 것도 그이기에 이렇게 마주하고 있을 뿐이다.

"네 소원대로 해주지. 원하는 바를 말하라. 무엇이든 들어주지. 말도 안 되는 것만 제외한다면."

"……."

사실 미련 없이 예전의 삶, 지구로 돌아가는 생각을 했었다.

한데 막상 '그'가 그렇게 말하고 나니, 방금 전까지 치열하게 살아왔던 그곳에서의 삶도 돌아보게 됐다.

"원한다면 레논이라는 존재, 그 몸으로 다시 돌아가는 것도 가능하다. 말도 안 되는 일은 아니니까. 후후."

그는 흔들리는 내 마음을 확실하게 흔들어 놓았다.

그렇게 지겹게 살았던 삶인데, 이상하게 미련이 남는다.

두고 온 가족들, 연인, 그리고 동료들이 생각나서일까.

오히려 지구에서의 삶이 많이 잊혔다.

지금 돌아가면, 나는 고등학생의 몸으로 삶을 시작하게 될 것이다. 그때 사고를 당했고, 지금과 같은 운명의 굴레에 빠져들게 되었으니까.

언제부터인가 지우개로 지운 글씨들처럼 지구에서의 기억들이 잊혀 가기 시작했다. 막상 지금 생각해 보려고 하니, 가족들의 얼굴도 어렴풋한 스케치처럼 희미하게 기억 속을 맴돈다.

"시간은 충분히 주지. 다만 다음 대기자가 있으니, 너무 오래 걸리지 않았으면 좋겠군."

크리스티나가 그랬듯이, 또 다른 희생양을 찾은 것일까.

누군가가 고통의 굴레에 빠져들고 있다.

하지만 내가 그 사람의 운명을 바꿔줄 수는 없는 것이기에 나는 마지막 고민 속으로 생각을 집중했다.

그리고 머릿속, 기억 속에서 잠시 현재를 잊고 과거로의 여행을 시작했다.

내 삶을 되돌아보기 위해.

가장 중요한 선택을 하기 위해.

*   *   *

"돌아가겠습니다."

"후후, 결정한 모양이군. 마침 지루해서 잠이라도 잘까 했던 차에 잘됐군."

"제가, 원래 살던 곳으로."

"그렇게 결정했나."

그의 물음에 나는 고개를 끄덕였다.

파란만장했던 이곳에서의 삶에 수많은 추억과 미련이 남지만, 다시 이어지는 삶을 살고 싶지는 않다.

"기억은?"

"지우고 갑니다."

"좋은 생각이군. 그렇게 되면 아무 기억도 네게 남지 않게 될 것이다."

"상관없습니다."

돌아보면 정말 끔찍하기 짝이 없는 반복된 삶이었지만, 그 속에서 분명 나는 치열하게 살았다.

후회는 없다.

아쉬움은 남지만, 모자란 삶을 살았다고 생각하진 않는다.

매번 새로이 태어나는 마법사.

환생 마법사의 삶을 살았던 나.

이제 그 마침표를 찍을 때가 왔다.

"자, 저 문으로 가면 네 등 뒤로 남아 있는 모든 것들이 사라진다. 후후, 처음 보는 문이겠지?"

그가 가리킨 곳에는 단 한 번도 들어가 보지 못했던 보랏빛 포탈이 있었다.

매번 내 삶의 시작점이었던 포탈이 아닌 정반대의 의미를 가진 포탈.

내가 그토록 기다려왔던 출구(出口)이기도 했다.

레니와 어머니.

테노스 용병단의 동료들.

연인 로이니아, 그리고 애증의 아이린.

멋진 스승 메디우스와 오랜 인연으로 엮여온 아이거.

그리고 하나하나 담을 수 없는 수많은 인연들.

그 모든 것을 뒤로한 채,

나는 이제 원래의 삶으로 돌아간다.

저벅, 저벅, 저벅.

한 걸음을 내디딜 때마다, 기억들이 하나씩 과거의 저편으로 사라져 간다.

이제 나는 더 이상 레논이 아니다.

이 문을 따라 돌아가면, 그때는 원래의 내 이름과 그때의 삶을 되찾게 될 것이다.

모든 것을 잊은 채, 아무 일도 없었던 것처럼.

저벅, 저벅, 저벅.

스으으윽.

"윽!"

이윽고 발끝을 포탈 사이로 들이밀자, 나를 확 끌어당기는 강력한 힘과 함께 깊이를 알 수 없는 암흑의 공간 속으로 빠져들었다.

"후후."

몸을 맡겼다.

허우적거리지도 않았고, 어디가 아래고 위인지 판단하려 하지도 않았다.

한없이 어딘가를 향해 매섭게 빨려드는 그 느낌을 즐겼다.

돌아간다.

이제 정말로 돌아간다.

환생 마법사, 레논의 삶.

그 삶의 화려한 막이 내리고 있다.

*   *   *

"정도준! 야, 정도준!"

"아음, 그만 좀 깨워라. 이번 시간은 어차피 자는 시간인데."

"아니, 그게 아니고 인마. 전학생이 왔잖아. 심지어 둘이나 왔다고."

"뭐라고?"

"아까부터 네 쪽을 자꾸 보는 것 같던데. 네가 아는 사람 아니야?"

전성고등학교 1학년 2반 교실.

곤한 잠에 빠져 있던 정도준은 친구의 격한 흔듦에 억지로 눈을 떴다.

친구의 손끝이 가리키고 있는 방향에는 그의 말대로 전학생 둘이 있었다.

구릿빛의 피부를 가진 이국적인 느낌의 여학생.

그리고 자신과 시선을 마주친 채 묘한 웃음을 짓고 있는 다소 창백한 표정의 남학생까지.

두 사람은 마치 자신을 알고 있기라도 한 것처럼 웃고 있었다.

"전학생을 내가 어떻게 알아."

정도준이 고개를 저었다.

토박이로 이곳에서 지냈던 자신이 외부에서 온 전학생의 얼굴을 알 리가 없다.

한데 느낌이 이상했다.

마치 아주 오래전부터 보았던 것 같은 느낌.

오늘의 첫 만남이 어색하지도, 생소하지도 않았다.

시간이 멈춰 버린 듯, 정도준은 오묘하고도 특이한 느낌에 두 사람에게 시선을 고정시켜 버렸다.

그러는 사이 자기소개와 반 학생들의 환영이 끝나고…

자연스럽게 비어 있던 자신의 옆, 그리고 뒷자리에 두 사람이 앉았다.

"……."

처음 보는 사람이 이렇게 익숙하게 느껴지는 건 왜일까?

정도준은 어리둥절한 표정으로 두 사람을 번갈아 보았다.

"오랜만이군."

남학생, 녀석이 자신에게로 손을 뻗어 악수를 청했다.

그리고 오랜만이라는 말을 덧붙였다.

"……."

얼떨결에 맞잡은 두 손.

굳게 나누는 악수.

그 속에서 정도준은 순식간에 파노라마 화면처럼 머릿속을 스쳐 지나가는 수많은 이미지들의 향연에 두 눈을 반짝였다.

"반가워, 보고 싶었어."

이내 그녀의 손 역시 자신에게로 향했다.

자연스러운 악수와 함께 또 다른 이미지들이 머릿속을 번개처럼 스치고 지나간다.

"아."

그 순간, 아주 짧고도 굵은 신음 소리가 정도준에게서 터져 나왔다.

그리고 전혀 생각지도 못했던 기억들이 하나씩 머릿속 깊은 곳에서 살아나기 시작했다.

이따금씩 조금 스펙타클하게 꾸었던 꿈이라고 생각했던, 꿈일 것이라고 단정하고, 꿈이라며 무시했던 이야기들이.

이내 되돌아오기 시작하는 기억.

정도준은 자신도 모르게 기억 속에 머물고 있는 두 사람의 이름을 불렀다.

"아이거, 크리스티나."

『환생 마법사』 완결

초대형 24시 만화방

신간 100%, 샤워실, 흡연실, 수면실(침대석), 커플석, 세탁기 완비

▪ 강북 노원역점 ▪

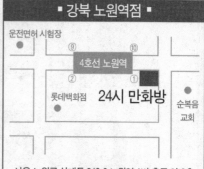

서울 노원구 상계동 340-6 노원역 1번 출구 앞 3층
02) 951-8324 (화용빌딩 3층)

▪ 일산 정발산역점 ▪

라페스타 E동 건너편 먹자골목 내 객잔건물 5층
031) 914-1957

▪ 일산 화정역점 ▪

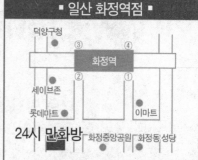

경기도 고양시 덕양구 화정동 984번지 서일빌딩 7층
031) 979-4874 (서일사우나 건물 7층)

▪ 부천 역곡역점 ▪

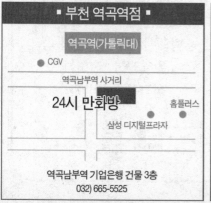

역곡남부역 기업은행 건물 3층
032) 665-5525

▪ 부평역점 ▪

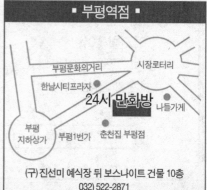

(구) 진선미 예식장 뒤 보스나이트 건물 10층
032) 522-2871

FUSION FANTASTIC STORY
말리브해적 장편소설
MLB
메이저리그
유료독자 누적 1200만!
행복해지고 싶은 이들을 위한 동화 같은 소설.
『MLB-메이저리그』
100마일의 강속구를 던지는
메이저리그의 전설적인 괴짜 투수 강삼열.
그가 펼치는 뜨거운 도전과 아름다운 이야기!
승리를 위해 외치는 소리-
"파워업!"
그라운드에 파워업이 울려 퍼질 때,
전설이 시작된다!
Book Publishing CHUNGEORAM
www.chungeoram.com

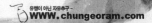

FUSION FANTASTIC STORY
말리브해적 장편소설
MLB
메이저리그
유료독자 누적 1200만!
행복해지고 싶은 이들을 위한 동화 같은 소설.
『MLB-메이저리그』
100마일의 강속구를 던지는
메이저리그의 전설적인 괴짜 투수 강삼열.
그가 펼치는 뜨거운 도전과 아름다운 이야기!
승리를 위해 외치는 소리-
"파워업!"
그라운드에 파워업이 울려 퍼질 때,
전설이 시작된다!
Book Publishing CHUNGEORAM
WWW.chungeoram.com

이경영 판타지 장편소설

FANTASY FRONTIER SPIRIT

그라니트

용들의 땅

GRANITE

사고로 위장된 사건에 의해 동료를 모두 잃고 서로를 만나게 된 '치프' 와 '데스디아'.
사건의 이면에 상식을 벗어난 음모가 있음을 알게 된 둘은
동료들의 죽음을 가슴에 새긴 채 각자의 고향으로 돌아간다.
2년 후, 뜻하지 않게 다시 만난 두 사람은 동료들의 복수를 위해
개척용역회사 '그라니트 용역' 을 설립해 다시금 그 땅을 찾게 되는데……

용들이 지배하는 땅 그라니트!
그곳에서 펼쳐지는 고대로부터 이어지는 운명적 만남,
깊어지는 오해, 그리고 채워지는 상처.

『가즈 나이트』시리즈 이경영 작가의 미래형 판타지 신작!

Book Publishing CHUNGEORAM

유행이 아닌 자유추구 -
WWW.chungeoram.com

FUSION FANTASTIC STORY

인기영 장편소설

리턴 레이드 헌터

Return Raid Hunter

하늘에 출현한 거대한 여인의 형상……
그것은 멸망의 전조였다.

『리턴 레이드 헌터』

창공을 메운 초거대 외계인들과
세상의 초인들이 격돌하는 그 순간.
인류의 패배와 함께 11년 전으로 회귀한 전율!

과연 그는, 세계의 멸망을 막을 수 있을 것인가.

**세계 멸망을 향한 카운트다운 속에서 피어나는
그의 전율스러운 이야기!**

Book Publishing CHUNGEORAM

유행이 아닌 자유추구 -
WWW.chungeoram.com